Für Nancy

Zur Erklärung:

Vice: Moralische Abartigkeit oder Verdorbenheit, perverses Verhalten, das der Gesundheit oder der Leistungskraft schadet: sexuelle Unmoral, insbesondere Prostitution.

Vice Squad: Polizeieinheit, die damit beauftragt ist, für die Einhaltung der Gesetze zu sorgen, die Glücksspiele, Pornographie, Prostitution und den illegalen Konsum von alkoholischen Getränken und Drogen betreffen.

I

Sonny Crockett *was waitin' for that deal to go down* . . . Er widerstand dem Drang, mit den Fingern zu schnipsen, die Melodie zu summen. Fünf Stunden in einem teuflisch unbequemen Hinterhalt der Everglades. *Don't you let that deal come 'round* . . .

Der Song hatte sich in seinem Hirn festgefressen, und er konnte ihn nicht loswerden. *Deal* von Jerry Garcia von den unsterblichen »Grateful Dead«. Sehr passend für diese Gelegenheit. Sie warteten alle darauf, daß der Deal nun endlich lief.

Außer Crockett kroch auch noch der ganze Einsatztrupp der Abteilung für Drogenbekämpfung im Sumpf herum. Die Abteilung hatte bei den örtlichen Behörden um Unterstützung gebeten. Es ging darum, einen Drogendeal zu verhindern, bei dem vermutlich eine siebenstellige Summe den Besitzer wechselte. Das war der Grund dafür, daß Sonny Crockett und sein Partner Ricardo Tubbs jetzt ein willkommener Fraß für riesige Schwärme blutgieriger Stechmücken waren.

Die Leute von Miami Vice waren mit kompakten, leichten M-15-A-Waffen ausgerüstet. Das fünfstündige Warten im Versteck hatte die fast gewichtslose Waffe in Crocketts Arm schwer werden lassen. Die Luft schien vor Wasser zu triefen. Wenn man atmete, war es so, als sauge man Sauerstoff durch ein schimmeliges Handtuch ein. Die Sonne war schon über ihren höchsten Stand am Mittag hinaus und machte die

Atmosphäre stickig und übelriechend von Sumpfgas und Verwesung. Hartleibige geflügelte Insekten attackierten die Männer im Sturzflug, stachen, saugten Blut und ließen juckende Schwellungen zurück. Die Leute hatten allmählich kein Wasser mehr in den Feldflaschen, und ihre Muskeln und Gelenke begannen zu protestieren, sie schmerzten, weil sie schon seit fast einem halben Tag unbequeme Stellungen einnahmen, ohne daß es sich gelohnt hätte. Das Gerede und die Scherze waren allmählich verstummt.

Jetzt gab es nur noch den Hinterhalt und das Warten darauf, daß der Deal endlich stattfand. Die armen Drogenschmuggler — auf ihnen würde sich nicht nur die ganze Strenge des Gesetzes entladen, wenn sie landeten, sondern auch der vereinte Zorn erhitzter, schwitzender Rauschgiftbekämpfer und Miami-Vice-Beamter.

Die beiden Gruppen waren in einem Halbkreis um die äußere Begrenzung eines primitiven Flugfeldes herum aufgestellt. Die Landebahn war an einer der wenigen Stellen des Sumpflandes angelegt, die lang genug war, ein Flugzeug, das Räder hatte und keine Pontons, aufzunehmen. Crockett erkannte ein paar seiner Kollegen, die mit ihm warteten. Da war Bob, der Scharfschütze der Spezialeinheit, der wieder einmal an die Bezirksbehörde ausgeliehen worden war. Da war Bill Revis von der Drogenbekämpfung. Revis war bei der d'Angelo-Festnahme dabeigewesen — eine tadellose, saubere Razzia, bei der sie Drogen für mehrere Millionen erbeutet hatten. Revis war gut. Im Augenblick blinzelte er gerade in die Sonne, zwischen seinen trockenen Lippen baumelte ein zerbissener Zahnstocher, seine Ohren horchten angestrengt nach dem Geräusch eines entfernten Flugzeuges. Dieses Geräusch könnte bedeuten, daß sie alle ein wenig zu tun bekämen . . . und danach endlich etwas zu essen.

Ungefähr zwanzig Meter von Crocketts Posten an der Spitze der Landebahn entfernt stand Ricardo Tubbs bis zur Hüfte in Sumpfgräsern und fragte sich, ob wohl das Wasserloch, in dem er stand, von Blutegeln bewohnt war. Sein Gesichtsausdruck verriet, daß Floridas freie Natur ihm nicht zusagte. Seine milchkaffeebraune Haut war von kleinen Schweißperlen bedeckt. Seine Augen von auffallend grüner Farbe blickten wie die von Revis prüfend über das Gelände, während er wartete. Geduldig wartete. Das war eines der Dinge, in denen Polizisten gut geübt sein sollten.

Crockett tauchte seine Hand in das übelriechende Wasser, das ihm bis ans Knie reichte, schöpfte mit der hohlen Hand davon und rieb sich das Gesicht damit ab. Das entmutigte die Insekten. Er wußte, daß es sinnlos war, auf die Stechmücken zu schießen.

Aber das hätte er am allerliebsten getan.

Der Sumpf, der Gestank, die Hitze . . . das Warten mit bereitgehaltener Waffe . . . die leichte Spannung und Nervosität in der Mannschaft . . . das alles war unangenehm vertraut. Crockett hatte vor zehn Jahren auf der anderen Seite der Erde auf ähnlichem Posten Dienst getan. Bevor diese Gegend in den Nachrichten Vietnam genannt wurde, hieß sie Indochina. Der Geruch und die Angst waren dieselben gewesen, egal, wie die Nachrichtenschnüffler sie nannten. Das war keine reale Welt. Dieser Bursche Coppola war in seinem Film »Apocalypse Now« mit seiner verrückten, surrealistischen Beschreibung des Vietnamkrieges näher an die Wahrheit herangekommen, als irgendein Zivilist verstehen konnte. Er hatte Bilder entworfen, die zum Ausdruck brachten, wie es in den Köpfen der meisten Infanteristen während der Dauer des Krieges aussah. Wie der fiktive Kurtz, der von Joseph Conrad stammte, bemerkt hatte: *Das Grauen . . . Das Grauen . . .*

Das war etwas, das man einem Zivilisten nur schwer erklären konnte. Zum Teufel, jetzt, wo Crockett auch wieder zurück in der »realen« Welt war, fand er es selbst bisweilen schwer, sich das alles vorzustellen. Aber manche Eindrücke vergaß man nie. Die Bilder, die Erinnerungen, die das, was von deinem Herz noch übrig war, zerbrachen und ein weiteres kostbares Stück von dem bißchen Menschlichkeit, das dir geblieben war, zerstörten.

So wie das Bild von Scotty Shepard im Leichensack – KIA – Killed in Action – im Kampf getötet. Im Bauch eines Transporters auf dem Weg nach Hause, während sein eigener toter Bauch von oben bis unten aufgeschlitzt war.

Das Wasser auf Crocketts heißem Gesicht roch faulig. Die Wolken am Himmel waren so zart wie Watte. Sie sahen trügerisch kühl aus. Direkt hinter dem Blau des Himmels schob sich ein verdächtig aussehender grauer Schatten hervor. Wenn es Regen gab, so würde er warm und unangenehm sein, wie Schweiß, der von einer breiten, fiebrigen Augenbraue tropfte. Jetzt war in der Ferne so etwas wie ein Grollen zu hören.

Alle Ohren waren gespitzt und versuchten, sich zu orientieren. Die mehr als dreißig Männer und Frauen, die hier Dienst taten, duckten sich tiefer in den Sumpf, denn sie wußten, daß sie trotz ihrer sandfarbenen Kampfkleidung von oben ganz besonders gut sichtbar wären, falls das herankommende Flugzeug das Gebiet einmal überflog, um das Gelände vor der Landung zu überprüfen. Die einteiligen Spezialanzüge mit Reißverschluß sollten sie weniger auffällig machen. Außerdem sollten sie eigentlich wasserdicht sein. Crockett wußte schon, daß das ausgesprochener Unsinn war. Wie die meiste Ausrüstung, die auf Kosten der Steuerzahler Miami Vice zur Verfügung gestellt wurde, hatte sich auch dieser Anzug als mangelhaft erwiesen. Es

schien, daß die Verbrecher immer mehr Geld auf Waffen und Ausrüstung verwenden konnten als sie selbst, gleichgültig, wie gut sie auch ausgestattet waren.
Das erinnerte ihn daran, wie Kommandotrupps von zwölfjährigen Vietnamesen den verknöcherten alten Präsidenten Johnson in den Hintern getreten hatten, bildlich gesprochen, indem sie die wohlausgerüsteten Soldaten der Vereinigten Staaten dezimiert hatten. Wir hatten die Waffen, die Stärke, die Taktik . . . und wir sind von den Einwohnern eines kleinen Landes, das die meisten Leute in den Staaten nicht einmal auf einer Landkarte finden konnten, über den Löffel balbiert worden. Dort konnte man eine wichtige Regel der Kriegführung lernen – mehr Männer und bessere Ausrüstung zu haben bedeutete nicht, daß man siegte.
Die M-15-A enthielt ein Magazin mit achtzehn Schuß. Das reichte für gute sechs Salven zu je drei Schuß, wenn die Waffe auf Schnellfeuer eingestellt war. Irgendein Schlaukopf von Tester hatte einen Haufen Regierungsgeld ausgegeben und entschieden, daß Drei-Schuß-Salven im Kampf am effektivsten waren. Crockett hatte sich in Vietnam angewöhnt, sich immer zu merken, wie viele Salven er noch hatte, und während des Kampfes mitzuzählen. Einzelschüsse ermüdeten den Abzugsfinger, wenn man auf Ziele schoß, die man oft nicht sah. Da war Schnellfeuer vorzuziehen. Warum kleckern, wenn man auch klotzen konnten, wie man damals sagte.
Ein Riemen quer über Crocketts Rücken enthielt zusätzliche Magazine. Warum kleckern, in der Tat. Während sie sich in den insektenverseuchten Sumpf drückten, blinzelten sie alle zur Sonne hinauf.
Das herankommende Flugzeug war eine rot-weiße zweimotorige Beechcraft, die zwei starke Pratt-Whitney-Propeller-Motoren hatte. Sie flog aus Sonnenrichtung, und es

dauerte lange, bis sie sichtbar wurde. Plötzlich stoppten die Motoren, und Crockett wurde klar, daß der Pilot ohne Motorkraft auf dieser provisorischen Piste landen wollte.
Aus der Sonne heranfliegen wie eine japanische Zero, die einen amerikanischen Geleitzug auf See angreift, eine Landung mit abgestelltem Motor . . . beides zeigte, daß der Pilot so unbemerkt wie möglich bleiben wollte. Crockett bewunderte einen Augenblick lang die Nervenstärke des Fliegers. Den Motor abzustellen und auf die Landebahn zu gleiten war die Art von Trick, die man nur einmal pro Flug wagte. Wenn man ihn verpatzte, so konnte das bedeuten, daß man sich mit seiner Maschine hinter dem Ende der Landebahn wiederfand, in einem Feuerball. Und dann war man tot.
Die Landung war keineswegs perfekt. Die linke Tragfläche kippte nach links. Dreißig Polizisten beobachteten, wie das Vorderrad wegrutschte, als der Pilot seine Position korrigierte und die Räder mit häßlich kratzendem Geräusch auf der Landebahn aus festgewalzter Erde aufsetzten und dabei Staubwolken aufwirbelten.
Sie konnten sehen, wie im Inneren der Kabine der Passagier, der neben dem Piloten saß, krampfhaft nach einem Halt suchte, als die Maschine durch den heißen Aufwind vom Boden die Balance verlor. Die Hitze, die die ruhig im Hinterhalt wartenden Leute seit Stunden gequält hatte, bereitete nun dem landenden Flugzeug eine gehörige Portion Ärger. Man mußte vorsichtig sein. Der Sumpf konnte jeden umbringen. Er unterschied nicht zwischen den Bösen und den Guten.
Revis machte ruhig und schnell mit der Hand Zeichen. Es gab wenig Grund, die Startbahn zu blockieren, denn die Motoren des Flugzeugs schwiegen jetzt. Fünf uniformierte bewaffnete Polizisten näherten sich von hinten. Der Kreis

der Beamten zog sich enger, und Gewehrmündungen zielten auf das Flugzeug und die beiden Insassen.

Crockett bemerkte, daß nicht eine einzige Handfeuerwaffe auf das Schmugglerflugzeug gerichtet war. Auf seiner Seite waren alle Waffen M-15-As, Remington-Polizeiflinten und Gewehre mit Infrarot-Zielvorrichtung, genug Artillerie, um einen Putsch in einer mittelgroßen Bananenrepublik durchzuführen.

Revis hob sein Megaphon.

»Hier spricht Bill Revis von der Abteilung für Drogenbekämpfung.« Die Pro-forma-Vorstellung hallte über die Ebene. Sogar der Klang war heiß, metallisch, unfreundlich. Wenigstens ging Bill nach Vorschrift vor. An diesem Nachmittag hielten sich alle an die Verfassung. »Öffnen Sie jetzt die Türen und kommen Sie mit hinter dem Kopf verschränkten Händen aus dem Flugzeug. Während Sie die Türen öffnen, wollen wir Ihre Hände sehen. Oder wir pusten Ihnen die Luft aus dem Leib!«

Die Beechcraft schaukelte, als die beiden Insassen ausstiegen und durch ihre Fliegerbrillen auf die furchteinflößende Ansammlung von Feuerwaffen starrten, die auf sie gerichtet waren. Keiner von ihnen konnte älter als siebzehn sein. Crocketts Hoffnungen sanken bereits.

Er schaute auf, als Rico Tubbs sich hinter ihm bewegte. Während Revis' Leute das Flugzeug umstellten, sagte er, vor Abscheu zischend: »Rico, mein Junge, irgendwie sehen mir diese beiden Waschlappen nicht so aus, als wären sie die wichtigen Drogenhändler, auf die wir beide den ganzen Morgen in diesem Schlamm gewartet haben.« Sein Ärger schlug ihm auf die Stimme, die merklich lauter wurde.

Der eine Junge war ein Richard-Gere-Typ mit Pickeln und dunkler, fast italienischer Gesichtsfarbe. Der andere sah aus wie ein weizenblonder amerikanischer Bauernjunge. Vor zwanzig Jahren, dachte Crockett, wären diese beiden Burschen eingezogen und nach Saigon geschickt worden, als weiteres unsinniges Kanonenfutter für einen Krieg, der niemals öffentlich Krieg genannt wurde. Jetzt, ohne Krieg, beschäftigten sich solche Knaben mit Rauschgiftschmuggel. Sie schauten zuviel Fernsehen. Die übermütige Jugend.

Der dunkelhäutige Bursche war großspurig sogar angesichts der Gesetzesvertreter. Sein Partner war offenbar ein Jammerlappen.

»Nicht schießen!« schrie der blonde Junge, mit hervorquellenden Augen, die Hände so fest hinter dem Kopf zusammengelegt, daß er Gefahr lief, sein Gehirn aus den Ohren herauszuquetschen. »He, schießt nicht, verstanden? Das Flugzeug gehört uns nicht einmal. Wir sind keine Schmuggler. Wir –«

Der andere Junge brachte ihn zum Schweigen, trotz aller Gewehre, auf die sie starrten. »Halt den Mund, Randy. Wir brauchen diesen Heinis keinen Ton zu sagen!«

Aber Randy war in Panik und nicht mehr zu stoppen. »Es ist nicht so, wie es aussieht. Wir wollen es für uns selbst. Ehrlich!«

Revis' Leute gingen vorwärts, um die beiden Verdächtigen voneinander zu trennen und das Flugzeug zu untersuchen. Randys Kumpel leistete Widerstand, als er zur Seite geschoben wurde. Randy brach zusammen, sobald ihn einer berührte. Er tat so, als ob im nächsten Augenblick eine Guillotine herangerollt würde und sein letztes Stündchen geschlagen hätte.

»Paß auf, wen du hier rumschubst, du Frosch!« bellte der dunklere Junge Revis an.

Einen Augenblick lang befürchtete Crockett, Revis würde den Burschen mit dem Lauf seiner Flinte umlegen. Eine weitere hervorragende Empfehlung für »Unsere Freunde, die Gesetzeshüter«. Aber Bill behielt einen klaren Kopf.

»Mit dieser Haltung handelst du dir nur Ärger ein, mein Sohn!« sagte er streng.
Der Junge machte eine obszöne Bewegung und fluchte unflätig. »Spar dir die Einschüchterungsmasche. Wir sind minderjährig. Du kannst keinem von uns etwas tun, also verschwinde.«
Ein Drogenbekämpfer mit kurzem Militärhaarschnitt, der eine MAC 10 mit Laser-Zielfernrohr trug, trat zu Revis. »Das werden Sie doch wohl nicht glauben!« sagte er zu seinem Vorgesetzten und runzelte die Augenbrauen.
Revis' Blick fiel auf den großen grünen Plastikmüllbeutel, der aus der Beechcraft gezogen wurde.
»Ungefähr elf Kilo!« rief ein anderer uniformierter Polizist. »Kein Kokain. Kein Heroin. Haschisch.«
Ein mit Gewehr bewaffnetes weibliches Mitglied der Drogenbekämpfung brach tatsächlich in lautes, hartes Gelächter aus. Mehr als fünf Stunden im Hinterhalt. Der ganze Transport. Die Zusammenarbeit der verschiedenen Einheiten. Gehälter. Überstundenbezahlung. Crockett bezweifelte, daß der Ertrag aus dem Verkauf des Marihuanas auch nur halbwegs ihre Kosten deckte. Man konnte entweder lachen – oder weinen.
Revis sah aus wie ein Mann, dem man bei seiner eigenen Geburtstagsfeier einen Kuchen ins Gesicht geworfen hatte. Randy und sein Kumpel waren inzwischen in die gewünschte Haltung gerückt worden: mit erhobenen Armen und gespreizten Beinen.
Müde machte Revis im Programm weiter. »Sie stehen unter Arrest wegen des Besitzes und des Transports von Drogen . . .«
»Und vergiß nicht das Rauchen im Badezimmer!« brüllte Tubbs. Auf seine Bemerkung folgte weiteres Gelächter. Seine und Crocketts Waffen waren jetzt gen Himmel gerichtet.

In der Luft war jetzt ein neues Geräusch zu hören. Es begann schwach und wurde rasch lauter – das Geräusch eines Schneebesens, mit dem Eier aufgeschlagen werden – ein heranfliegender Hubschrauber. Revis hörte auf, den Festgenommenen ihre Rechte zu predigen, und schaute über seine Schulter nach oben. Einige der Drogenbekämpfer, die annahmen, daß dies weitere Schmuggler sein könnten, machten wieder die Waffen schußbereit und begannen, sich in den Busch zurückzuziehen. Revis' Gesichtsausdruck jedoch dementierte dies. Er wußte über den Hubschrauber Bescheid. Und was er wußte, schien ihn in Verlegenheit zu bringen.
»Zum Teufel, was hat das zu bedeuten?« fragte Tubbs, dessen Bedarf an bösen Überraschungen für diesen Tag gedeckt war.
Der Hubschrauber flog tief über dem Sumpfland heran, peitschte die Gräser mit seinem Luftzug und übertönte jedes Gespräch mit seinem gräßlichen Lärm. Der Pilot war ein Könner. Die runde Nase des Hubschraubers wippte einmal, dann stand der ganze Hubschrauber perfekt auf seinen Kufen. Vielleicht war der Pilot ein Kriegsveteran. Für Crockett sah es nach einer makellosen Evakuierungslandung aus – die Art, die dazu bestimmt ist, einen so schnell wie möglich von einer gefährdeten Stelle wegzubringen.
Der Hubschrauber spie eine aufgeregte Gruppe von Männern und Frauen in Buschjacken aus, die Notizblocks und Kassettenrekorder trugen, dicht gefolgt von roboterartigen Burschen, die Video-Kamera-Ausrüstungen mit sich führten und die alle auf Revis, seine Drogenbekämpfer und ihre erwartungsgemäß festgenommenen Verbrecher zueilten.
»Die vierte Gewalt«, grinste Crockett hinter seinem Dreitagebart, den er wie üblich trug. »Überlaß das Revis. Großer Drogenschmugglerfang. Große Sache. Alles in den *Zehn-Uhr-Nachrichten* zu sehen. Nichts ist so geeignet wie die Be-

richterstattung der Medien, um die kriminellen Elemente abzuschrecken, die unsere Gesellschaft spalten. *Du lieber Himmel.*«

»Der kriegt, was er verdient«, entgegnete Tubbs und wischte sich den Schweiß von der Stirn. »Die Informationen kamen von der Drogenfahndung. Wir gingen von der Annahme aus, daß wir kolumbianische Drogenhändler hochnehmen sollten und nicht Sozialarbeit bei zwei jugendlichen Straftätern leisten. Castillo kriegt einen Schlag, wenn er das erfährt.«

Die Propellerblätter des Hubschraubers drehten sich nur noch träge. Ein Mann im beigefarbenen Freizeitanzug plauderte mit dem Piloten, der ausgestiegen war, um sich eine Zigarette anzuzünden. Der Pilot beugte sich vor, um die Flamme aus dem Ronson-Feuerzeug des kleineren Mannes zu erwischen. Der Mann im Freizeitanzug war ungefähr einsfünfundsechzig groß. Er trug eine runde Nickelbrille. Kurzgeschnittene rötliche Haare, die sich lichteten. Kräftige, breitbeinige Gestalt. Ein rötlicher Bart und ein ebensolcher Schnurrbart, der zu dem noch auf dem Kopf verbliebenen Haar paßte und rundherum gestutzt war.

»Zwei Tonnen Zeitungsmeldungen für ein paar Pfund Haschisch!« grübelte Tubbs.

Crockett riß den Blick von dem Mann im Freizeitanzug. »Also, Rico«, sagte er breit, wobei sein Akzent hörbar wurde, »der Steuerzahler soll doch wissen, daß wir den kleinen Mann nicht diskriminieren, den unabhängigen kleinen Unternehmer, wenn es darum geht, dem Verbrechen einen Zahn zu ziehen . . .«

Beide lachten, doch ohne es spaßig zu finden. Was sie jetzt brauchten, war eine Dusche, ein kaltes Bier, etwas zu essen.

»Demokratisch!« sagte Crockett.

»Und außerdem«, fuhr er dann fort, »wenn unsere Gesichter nicht im *Miami Herold* abgebildet sind, wie sollen dann die bösen Buben wissen, vor wem sie Respekt haben müssen? Welche Zivilfahnder sind die dümmsten Esel? Wenn sie nicht wissen, wer wir sind, wie können sie dann Angst vor uns haben?« Der Scherz war gequält, und beide Männer wußten es. Der Morgen war zu lang, zu ermüdend gewesen.

»He, Crockett!«

Crockett fluchte leise vor sich hin. Das letzte, was ihm jetzt noch fehlte, war irgendein Fernsehreporter, der ein Interview von ihm wollte. Aber er schaute auf und sah den Mann im Freizeitanzug, der ihm mit seinem beigefarben bekleideten Arm zuwinkte.

»Crockett! Huhu!«

Er kam über die Landebahn. Seine Stimme war das Schlimmste – wie eine Stimme aus der Vergangenheit oder wie der Ruf eines Gespenstes.

Crockett schaute genauer hin.

»Ist das ein Kumpel?« fragte Tubbs.

»Nein, ich –« Crockett blieb der Mund offenstehen, und er sprach nicht weiter.

Stone. Vietnam. Ira Stone. Aus Vietnam. 1972. Die Evakuierung. Der gottverdammte Ira Stone.

»Der verrückte Stone«, sagte er fast ehrfurchtsvoll. Bevor Tubbs noch fragen konnte, machte Crockett große Sprünge durch das Gesträuch und drückte sich an einer Fotoreporterin vorbei. *Nehmen Sie die Kamera aus meinem Gesicht, Schätzchen.*

Tubbs beobachtete, wie die beiden Männer aufeinander zutraten und anhielten, fast so, als stünde zwischen ihnen ein unsichtbares Hindernis. Sie schauten einander von oben bis unten an und konnten es nicht glauben. Dann ein schneller, fester Händedruck. Dann gegenseitiges Schulterklopfen, sehr hart und männlich. Sie hielten einander auf Armeslänge entfernt, warfen sich einen langen, prüfenden Blick zu. Crockett überragte seinen kleineren Kumpel.

»Lange Zeit her«, flüsterte Crockett, dessen Stimme plötzlich versagte.

»Tausend Jahre, Mann!« sagte Stone mit verzerrtem Grinsen. »Erinnerst du dich an den Song: *It's a long, hard road . . ?«*

»Himmel.« Das Staunen stand immer noch in Crocketts Augen. Vielleicht war das ein Geist, ein wirklicher Geist aus seiner eigenen Vergangenheit?

»Bereitet sich so die Jugend Amerikas auf die Nachsaison vor?« sagte Stone und wies auf die verunglückte Polizeiaktion, die Revis nun vor den Nachrichtenleuten, die um das Flugzeug herumstanden, herunterzuspielen versuchte. »Eigentlich siehst du mir nicht nach einem High-School-Football-Trainer aus.«

Das freundschaftliche Geplänkel war hervorragend eingespielt und kaum automatisch. Crockett verfiel in den alten Ton, ohne nachzudenken. »Wenigstens bin ich nicht arbeitslos, Junge. Wie steht es mit dir? Deinen Namen hab ich seit mindestens dreizehn Jahren nicht mehr unter einem Artikel gesehen.«

»Du liest die falschen Zeitungen!«

»Vielleicht kannst du diese Geschichte dem Teenager-Magazin verkaufen – du weißt schon – *Drogenrazzia des Monats?«*

»Meinst du etwa mich?« Stone sah ihn angewidert an. »Das hier ist keine Geschichte für mich. Ich bin mitgekommen, weil ich gehört habe, daß du einer der Clowns bist, die in diesem Zirkus mitspielen!« Mit einem Grinsen, das tausend alte Gemeinsamkeiten in Erinnerung rief, fügte er hinzu: »Du weißt doch, an welcher Geschichte mir wirklich liegt, Crockett, alter Junge!«

Das sagte ihm nichts. »Ich kann es kaum abwarten, bis du es mir erzählst, Ira.« Crockett war immer noch nicht sicher, daß es Ira Stone war, der da mit ihm redete.

Tubbs schlenderte näher, um zu sehen, was das für ein seltsames Zusammentreffen war. Er schulterte seine Waffe und schlenderte zu den beiden hinüber.

»Komm schon, Crockett, verlaß dich auf mich. Die beste Drogengeschichte des Jahrzehnts. Der Sergeant lebt. Und er ist wieder im Geschäft, direkt hier in Florida.« Er wartete ab, bis Crockett seine Worte verdaut hatte, und klopfte ihm brüderlich auf die Schulter. »Ich hol meine Sachen. Was ich dir darüber erzählen werde, da fallen dir die Augen aus dem Kopf. Das Mittagessen bezahlt mein Verleger.«

»Wer ist denn diese fliegende Untertasse?« fragte Tubbs, als Stone davontrottete.

»Ein Kriegsberichterstatter, den ich in Saigon kannte!« sagte Crockett.

»Freust du dich, ihn zu sehen?«

Crockett sah die Fahndung nicht mehr, sie war jetzt vergessen. Jetzt war er irgendwo ganz für sich allein, irgendwo in der Vergangenheit. »Ja. Aber ich kann kaum glauben, daß er es ist. Wer so süchtig nach Gefahr ist wie Ira Stone, überlebt meist im Frieden nicht lange.«

2

Saigon fiel.

Die Evakuierung war wie eine Szene von Dante, vielleicht auch von Bosch. Überall verstopften verzweifelte Menschenmassen die Straßen. Ein Ochsenkarren mit bäuerlichen Habseligkeiten war auf der Straße umgestürzt und versperrte den herausströmenden Menschenfluten den Weg. Rauch verdüsterte die Luft. Der hämmernde Motorenlärm amerikanischer Hubschrauber übertönte alle Geräusche, die Menschen überhaupt machen konnten. Das beständige ohrenbetäubende Brummen der großen Sikorsky-Hubschrauber wurde von Mörserfeuer, das näher kam, unterbrochen. Sechzig-Millimeter-Geschosse schlugen ringsherum in der Stadt ein, rissen Brocken aus den Häusern und ließen jedermann angstvoll wimmern. Die Schießerei war Teil des Alltags. Die Allgegenwart des Todes ringsumher war nichts anderes als eine zur Routine gewordene tägliche Ablenkung. Irgendwo auf der Straße begann eine Frau zu schreien und wie wild um sich zu schlagen. Ein zehnjähriges Kind rannte mit brennenden Haaren an Crockett vorbei. Crockett sah nur einen orangefarbenen Feuerschein und roch den widerlichen Gestank versengten Haares. Das war alles, was er zu sehen wagte. Dann suchte er bescheidene Deckung unter einer Betonmauer, die einst senkrecht gestanden hatte, die jetzt aber, wo sie schräg lag, wie ein Dach Schutz bot.

Die Stadt war verrückt geworden.

Crocketts Augen starrten in weite Ferne, ohne etwas zu sehen. Es war noch keine vierundzwanzig Stunden her, daß er zugesehen hatte, wie es Scotty erwischt hatte.

Scotty, Crockett und ein Einzelgänger namens Swindler hatten den größten Teil ihrer Ausrüstung weggeworfen, um sich mit leichtem Gepäck zum Tan-Son-Hut-Luftwaffenstützpunkt durchzuschlagen, wo die Flugzeuge zur Evakuierung starteten und von wo aus sie so schnell wie möglich weg wollten. Es war vorbei mit der großen Indochina-Polizeiaktion. Amerika war auf dem Rückzug – nahezu unaufhörlicher Granatenbeschuß war ein lauter und endgültiger Ansporn, weiterzulaufen und nicht zurückzuschauen. Eine von Land abgefeuerte Rakete riß ein riesiges Loch in ein jetzt verlassen daliegendes Gefangenenlager, und die drei bekamen einen ersten

Eindruck von der Panik, die auf dem Luftwaffenstützpunkt herrschte. Es war genau das, was sie erwartet hatten.

Soldaten, Flüchtlinge und amerikanische Zivilisten stolperten über Leichen und sich vor Schmerzen krümmende Verwundete, kämpften um einen Platz in irgendeinem Transportmittel, Hauptsache, es flog und verließ die Stadt, egal, ob es ein Sanitätshubschrauber, ein Militärtransporter oder ein kleines Privatflugzeug war. Das Schlüsselwort hieß Flucht. *Die Reisfelder, die Tan Son Hut umgaben, waren mit verwesenden Leichen übersät. Die Straßen waren überfüllt mit verlassenen Fahrzeugen, sich dahinschleppenden vietnamesischen Zivilisten mit erloschenen Augen und mit verrückten Hondafahrern, die kreuz und quer überholten. Raketenfeuer fiel vom Himmel und riß große Lücke in die langsam vorankommenden Menschenmassen. Die Schutzgräben zu beiden Seiten des Weges waren mit weiteren toten Körpern gefüllt oder mit Teilen davon.*

Völlig grundlos hatte ein älterer Mann im schwarzen Reisbauernanzug zu schreien begonnen und die drei Soldaten bedroht, wobei er etwas zum Vorschein brachte, das wie ein rostiges Kukri-Messer aussah. Seine Absicht, Swindlers Kopf von seinem Körper zu trennen, war ganz klar. Crockett beobachtete den Vorgang mit derselben ungerührten Teilnahmslosigkeit, mit der er auch das brennende, laufende Kind aus seinen Gedanken verbannt hatte. Swindler machte wie in Slow-Motion einen Schritt zurück und hantierte dabei an seiner M-16, seine Augen plötzlich vor Überraschung groß und weiß. Warum zum Teufel drehte dieser alte Knabe durch und ging mit einem Messer auf ihn los?

Crockett wußte es. Wenn man zu viele Ratten in einen Kasten steckte, dann begannen sie, sich gegenseitig aufzufressen. Hier war es nicht anders. Draußen in der wirklichen Welt konnten sie sich diesen Wahnsinn nicht vorstellen. Sie würden den Kopf schütteln und sagen, unsere guten Jungs, unsere Veteranen, sie haben überreagiert.

Das konnte man leicht sagen, wenn der Wahnsinn eine halbe Welt entfernt war.

Scotty Shepard trat zwischen die beiden Männer, mit einem Gesichtsausdruck zwischen Verärgerung und Abscheu. Er legte seine Waffe an und zerriß den alten Burschen mit ungefähr zehn Schüssen.

»Gottverdammte Gelbe!« sagte er.

Auf Swindlers Gesicht zeigte sich jetzt die Wut. »Lieber Himmel, habt ihr diesen verrückten alten Knacker gesehen? Ist einfach auf mich losgegangen, als wäre ich der Geist seines Großvaters oder irgend so was!« Er war dabei, die Fassung zu verlieren, während er sich zwanghaft Stücke des alten Mannes von seinem schweißdurchtränkten Kampfanzug wischte. Er atmete schwer. »Guter Gott!«

»Wir suchen uns einen Hubschrauber und sehen zu, daß wir von hier fortkommen«, sagte Crockett. Sein Gesicht hatte den unbeteiligten, verstörten Ausdruck eines Soldatenjungen auf einer Daguerreotypie von Matthew Brandy aus dem Bürgerkrieg.

Swindler war noch nicht fertig. Sein unordentliches blondes Haar wehte im Wind, als sein Helm ihm vom Kopf fiel. Er riß sich den Lederriemen seiner M-16 von der Schulter und begann, Salven in den toten Mann zu feuern, pop-pop-pop, mit dem eigentümlichen flachen Lärm, den die 5.56er Munition immer machte. In Crocketts Ohren hatte das nie wie richtiges Schießen geklungen.

Die Leiche hüpfte und zuckte, als die Kugeln einschlugen.

»Reiß dich zusammen, Allan!« sagte Scotty. »Wir wollen doch hier heil rauskommen, oder? He, Mann, hör mir zu!«

»Ja, vergiß es, Allan!« fügte Crockett hinzu, der einen üblen

Geschmack im Mund hatte. Die ganze Szene war weit entfernt von jeder Art von rationalem menschlichem Verhalten. Swindlers Magazin war leer, und Tränen strömten über sein Gesicht. »Ja, richtig, Mann, warum zum Teufel auch nicht? Beim Himmel! Die Antwort ist ganz einfach, Jungs. Wir radieren diese Schlitzaugen einfach aus, wenn sie uns in die Quere kommen. Kein Problem, Jungs. Überhaupt kein Problem . . .«

Scotty und Crockett tauschten besorgte Blicke. Swindler war dabei durchzudrehen.

»Komm schon, Mann!« sagte Scotty. Er war immer derjenige gewesen, der sich am erfolgreichsten als Friedensstifter betätigt hatte. »Gib mir deine Waffe, Allan!«

Swindler hatte schon ein neues Magazin eingeschoben, das voll des metallischen Todes war. »Scheiß drauf! Ein Soldat gibt seine Waffe nie aus der Hand.«

»Das funktioniert hier nicht, Mann. Gib sie her. Du bist nicht bei Sinnen.« Scottys Augen wurden stahlhart.

»Komm nur näher, du Bastard, und ich leg dich auf der Stelle um. Gottverdammter kommunistischer Fixer!«

»Komm schon, laß diese Vogelscheuche hier alleine abkratzen!« sagte Crockett und warf den größten Teil seiner Ausrüstung, abgesehen von den zusätzlichen Magazinen für seine eigene M-16, weg. »Diese Art von Ärger können wir nicht brauchen, nicht jetzt und nicht hier.«

»Swindler, du verdammter Heuchler!« zischte Scotty. »Warum hältst du dir nicht einfach die Mündung vor die Fresse und pustest dir die Visage weg. Du würdest der Welt damit einen Gefallen tun! Wenn du nicht einsehen willst, daß wir dir doch nur helfen wollen . . . dann kannst du uns mal!«

In weniger als fünf Meter Entfernung riß der Einschlag von Granaten ein Stück aus dem Rasen. Alle warfen sich zu Boden. Swindler begann plötzlich zu lachen.

»Tut mir leid, Jungs. Nehmt's mir nicht übel. Himmel! Ich hab da wohl 'n bißchen durchgedreht, nicht?« Er schüttelte den Kopf, so als könnte er seine Anfälle von Bösartigkeit so wenig begreifen wie seine beiden Kameraden, die nur versuchten, ihm zu helfen. »Da kann man nur lachen. Himmel!« Er rückte seine Armeebrille mit Stahlrändern zurecht. Sie war von seinem eigenen Schweiß beschlagen. Die Feuchtigkeit in Vietnam mußte man am eigenen Leib erlebt haben!

»Ist schon gut!« sagte Scotty und half ihm auf, wobei er stinkende Brocken nasser Erde von ihm abwischte.

»Warum sehen wir nicht zu, daß wir aus dem Regen kommen!« sagte Crockett hämisch grinsend. »Bevor einer von uns –«

Swindler brüllte: »Beschuß!«, und sie warfen sich alle zu Boden. Ein Sperrfeuer von Mörsern und Raketen durchlöcherte fünfzig Meter nördlich von ihnen die Straße. Die Körper von Bauern und Soldaten der südvietnamesischen Armee wirbelten durch die stinkende Luft. Verirrte Kugeln schlugen in gefährlicher Nähe ein. Crockett schrie etwas, aber seine Worte waren nicht zu verstehen.

Was er schrie, war so etwas wie: »Laßt uns sehen, daß wir hier wegkommen, bevor wir alle sterben; ich möchte in einem Stück nach Hause kommen, Jungs!«

Als er beim ersten Nachlassen des Beschusses hochblickte, sah er, daß die obersten fünf Zentimeter von Swindlers Schädel auf dem gesamten Vorderteil von Scotty Shepards Kampfanzug verspritzt waren. Jetzt war Scotty derjenige, der unartikuliert schrie. Ein herumwirbelndes Schrapnellstück von der Größe einer Karteikarte hatte säuberlich alles oberhalb von Swindlers Augenbrauen abgesäbelt und über Scotty verteilt, und das war einfach zuviel gewesen.

Crockett griff nach Scotty und preßte ihn eng an sich, bis die

Schreie zu Schluchzern wurden, dann hielt er ihn fest am Arm und brachte ihn weg aus dieser Hölle.
Scotty erwischte es sechs Stunden später, während er dastand und dem Hubschrauber entgegenschaute, der gerade landete, um sie rauszubringen. Eine Sechzig-Millimeter-Salve schlug zwischen ihm und dem Pflaster in den Boden, ein Schrapnellstück bohrte sich tief in sein Hirn, und er starb weniger als drei Meter von Crockett entfernt.
Crockett flog nicht mit dem Sanitätshubschrauber. Er mußte sich um Scottys Leiche kümmern.
Eine Armada von »Boat People« war in lecken Dschunken und überfüllten Fähren vom Hafen aus in See gestochen. Hier und dort drängte ein Schnellboot durch die sich langsam bewegende Menge der Boote. In der Entfernung sah man die Umrisse der amerikanischen Flotte, die das schwere Artilleriefeuer erwiderte, wenn sie in Laune dazu war. Weiße, schaumige Wasserfontänen stiegen in den Himmel, wenn ein Schuß danebenging. Manchmal trafen sie . . . und ein weiteres Boot explodierte, und nichts als Splitter blieben übrig.

Der Rumf der US-Midway war mit den Toten vollgeladen. Regal an Regal voll von mit Reißverschluß verschlossener »Im-Kampf-getötet«-Säcke. Niemand ließ sich unter Deck blicken. Dies war kein Ort, an dem man gerne allein war und über sein Leben nachdachte.
An Deck wurde gerade ein Huey-Hubschrauber gestartet, um Landeplatz für einen Cobra-Hubschrauber zu schaffen, der Verwundete heranflog. In der rauchigen Luft dahinter warteten weitere Hubschrauber mit Flüchtlingen aus Tan Son Hut.
Crockett hatte für sich allein einen Hubschrauber besorgt und sich um den Leichnam von Scotty Shepard gekümmert,

bis dieser genau wie alle anderen in einem der vielen hundert »Im-Kampf-getötet«-Säcke unter Deck verstaut war.
Jetzt war Crockett wieder an Deck und half, die Verwundeten zu evakuieren. Es schien tröstlich, Leuten beim Überleben zu helfen, wie klein auch immer der Beitrag war, den man leistete. Viel sinnvoller als darüber nachzudenken, wie man mit dem Tode fertig wurde.
»Hallo, Crockers!«
Der Huey vor ihm war leer. Er hob fast sofort ab und drückte die Umstehenden mit seinem künstlichen, von Menschen gemachten Sturmwind nieder. Crockett hielt sich schützend die Hand vor die Augen und drehte sich um. Vor ihm stand Ira Stone.
»Hier sind die richtigen Helden!« Stone war ganz schön high. Sein Haar war lang und modisch, um ihn von den regulären Soldaten zu unterscheiden. Stone war populär in Vietnam. Soldaten fragten ihn beständig danach aus, wie das Leben daheim in den Staaten so aussah und was die Zivilisten über den Konflikt dachten, über den Leute wie Stone berichteten. Stone wußte immer, welche neue Platte von den »Doors« *empfehlenswert war, und hatte immer einen Joint zum Herumreichen. Merkwürdigerweise schien Stone zu diesem Wahnsinn, der Vietnam hieß, zu passen. Nur in der Welt draußen gab es wohl keinen Platz für ihn.*
Vietnam, das war Stones Element.
»Folge mir, großer weißer Mann! Ich hab da was, das dich einigermaßen interessieren dürfte.«
Crockett war viel zu müde, um sich über Stones Geheimnistuerei aufzuregen. Der Journalist war immer auf Hochtouren, bisweilen zum Verrücktwerden taktlos. Crockett ging davon aus, daß in den vergangenen acht Jahren eine Menge LSD durch sein Hirn gegangen war. Vielleicht war das hier auch nur ein Drogenrausch.

Eine kalte Hand griff nach Crocketts Herz, als ihm klar wurde, daß der Journalist ihn unter Deck führte, wo die Leichen aufgebahrt wurden, wie Brennholz gestapelt.
»Sehen die für dich wie Botenjungen aus?«
»Zum Teufel, wovon redest du, Mann?« Crockett war nicht in der Stimmung für dumme Witze.
»Zum Teufel, was glaubst du wohl, wovon ich rede, mein Junge? Ich rede von Schlagzeilen. Über den Drogenkrieg! Über Heroin! Den weißen Tod! Über irgendeinen Unteroffizier aus Da Nang! Schlimmer kann's kaum werden, glaubst du? Falsch!«
Crockett blieb stehen und schaute seinen Gesprächspartner an, der wütend aussah. Das war das Schlimmste an Stone. Hier unten, von Leichen umgeben, hatte er jenes gräßliche Leuchten in den Augen, das nur eines bedeutete – er war wieder auf der Jagd nach der tollsten Story aller Zeiten. Und all die Toten zählten nicht. Er war ganz kühl und ruhig – eigentlich sogar eiskalt und unbewegt.
Stone blieb direkt neben Scotty Shepards Leichensack stehen. Crockett wußte genau, wo er verstaut worden war.
»Ich will das wirklich nicht sehen, Mann . . .«
Stone blickte mißbilligend, als wollte er sagen: »Junge, wem willst du etwas vormachen?« Ohne mit der Wimper zu zukken zog er den Reißverschluß an dem Leichensack ganz auf. Der Geruch hätte ausgereicht, um stärkere Männer zu vertreiben, aber Crockett stand jetzt wie festgewurzelt.
»Begreifst du, Crockett. Das kann man wohl Ironie des Schicksals nennen!«
Der Gestank von Methylalkohol überlagerte den Geruch beginnender Verwesung. Er war eigentlich noch schlimmer. Scotty Shepards eilig konservierter Leichnam war von einem nicht besonders begabten Schlachter der Länge nach aufgeschlitzt worden.

Stone griff in Scottys nichts mehr empfindende Brust und wühlte in dem Leichensack herum. Es gab einen übelklingenden Ton, als ob etwas zerrisse. Er kam nicht von Scottys Überresten her.
Stones Gesicht zeigte eine morbide Freude, als er einen Cellophanbeutel mit feinem weißen Pulver ans Licht zog. »Weißer Zucker – so tödlich wie deine Waffe. Begrüße den weißen Tod, Mann!«

3

Während Crocketts Ferrari Daytona Spyder die Straße entlangraste, fragte Tubbs, dessen Augen von einer Sonnenbrille beschattet wurden: »Und wer ist denn nun eigentlich ›der Sergeant‹?«
Sie fühlten sich sehr viel menschlicher als noch vor einigen Stunden. Die lang ersehnte Dusche und das Bier hatten sie genossen und eine Verabredung mit Stone im Conch-Shell-Restaurant getroffen. Ort und Zeit standen fest, und zumindest Tubbs freute sich auf das Mittagessen. Crocketts Appetit hatte sich gelegt, während seine Kriegserinnerungen wachgeworden waren.
Er holte tief Luft und versuchte, seine Depression zu vertreiben. »Der Sergeant, das war eine dieser Vietnam-Legenden, so wie die Killertruppe – die Verrätereinheit, die vermutlich aus desertierten ›Green Berets‹ und ›Rangers‹ bestand und auf eigene Faust in Laos und Kambodscha operierte.«
»Ich habe gehört, daß es sie wirklich gab. Sie bekamen ihre Befehle vom CIA.«
Die Nachmittagssonne leuchtete jenseits der Don-Schula-Schnellstraße, während der schnittige schwarze Ferrari darüber hinwegsauste.

»Jeder hat schon von ihnen gehört. Sie wurden auch anders genannt – Blaue Schwadron, die Todespatrouille. Der Sergeant war von derselben Art. Er war vermutlich der Dealer Nr.1 in Vietnam. Früher mal Versorgungsunteroffizier, weißt du, die Sorte, die überall für jeden alles besorgen kann ... wenn der Preis stimmt. Und Stone war von diesem Sergeant wie besessen. Stone hatte die Vorstellung, wenn es ihm gelänge zu beweisen, daß der Sergeant wirklich existierte, und er diese Geschichte in die amerikanischen Medien bringen könnte, exklusiv natürlich, dann wäre seine Karriere gesichert.«
Der warme Wind spielte in Crocketts hellem Haar. Er war wieder in seinen weißen Armani-Anzug gekleidet. Tubbs wirkte kühl und nicht im mindesten erhitzt in seinem Uomo-Doppelreiher, der fast wie Haifischhaut glänzte.
Crockett rauchte seine Lucky Strike ohne Filter bis fast zur Kippe und schnipste sie in den Luftzug außerhalb des Wagens.
»Stone war völlig versessen darauf, den ›Sergeant‹ festzunageln. Selbst wenn er überhaupt nicht existierte.«
»Du klingst, als glaubtest du immer noch, es gäbe ihn nicht. Hat Stone jemals etwas erreicht?«
»Unmittelbar vor dem Fall von Saigon ging das Gerücht um, der Sergeant hätte es so eingerichtet, daß sein ganzer Vorrat außer Landes geschafft wurde. Das war 'ne Menge Stoff. Schwer zu verstecken.«
Tubbs sah, daß sein Partner in unangenehme Erinnerungen versunken war, und bohrte nicht weiter.
»Er hat es in ›IKG‹-Säcken herausgeschafft. *Wenn* es der ›Sergeant‹ war. Wenn Stone nicht alle an der Nase herumgeführt hat.«
»›IKG‹-Säcke?«
»Im Kampf getötet. Stell dir vor – du wirst nach Übersee ge-

schickt, um in einem Krieg zu kämpfen, von dem zu Hause niemand zugibt, daß er überhaupt existiert, und dann wirst du zurückgeschickt als Container für jemandes Geheimvorrat!« Er war aufgebracht und angewidert. Scotty Shepards Gesicht verschwamm in seiner Erinnerung. »Niemand hat es geglaubt. Ich weiß, daß ich es nicht geglaubt habe. Die ganze Vorstellung war völlig absurd. Und dann hat mir Stone während der Evakuierung diesen Leichensack gezeigt. Und mit einem Schlag sah seine ganze ausgeflippte Geschichte völlig wahr aus.«

»Häßlich!« sagte Tubbs.

»Häßlich – so was gibt's bei Stone schon zum Frühstück!« erwiderte Crockett.

Das »Conch Shell« war teuer, aber nicht protzig. Es war ein Ort, an dem sich die Einheimischen zurückzogen, um ihren Fisch in einigermaßen friedlicher Umgebung zu genießen – es gab keine nachgemachten Fischfanggeräte, keine Glaskugeln, die in Fischnetzen von der Decke hingen, keine Kellner in smarten Seemannsanzügen. Weiße Tischdecken, zurückhaltende Bedienung, ein bescheidenes Maß an Intimität und mittels Dynamit gefischte Krebse waren die Hauptvorzüge des »Conch Shell«.

Wenn Stone auch bereits beim Frühstück mit Häßlichem anfing, so aß er jedenfalls Hummer zu Mittag.

Der kleingewachsene, energiegeladene Mann trat von hinten zu ihnen, als Crockett und Tubbs an der Bar warteten. Tubbs schlürfte einen Tequila mit Orangensaft, Crockett blieb bei seinem üblichen Black Jack, unverdünnt.

Eine dunkelhaarige, elegante Frau mit Katzenaugen war gerade heftig damit beschäftigt, mit Tubbs zu flirten, als Stone hereinstürmte und im Keim erstickte, was vielleicht eine wundervolle Beziehung hätte werden können.

Crockett war ein wenig abgestoßen von der lustvollen Weise, mit der Stone seinen Hummer in der Mitte zerteilte. Viel zu erinnerungsträchtig, für seinen Geschmack. Er hielt sich an seinen Drink, nahm einen Salat und ließ eine Platte voller hervorragender Riesenkrebsscheren in geschmolzener Butter weitgehend unbeachtet.

Stone richtete den größten Teil seiner in Schnellfeuergewehrgeschwindigkeit vorgetragenen Rede an Tubbs, den Neuling in diesem Club. Tubbs nickte intelligent, trank, aß und suchte in regelmäßigen Abständen mit dem Blick die Bar nach Spuren der Frau mit den glänzenden goldenen Augen, der Sturzflut von schwarzem Haar, den unendlich langen Beinen und dem Lächeln, das Bände sprach, ab.

». . . und ich war völlig ausgeflippt. Wenn du drei oder vier Kilo Stoff in jemandes Brustkorb findest, das haut dich um. Ja, ich war völlig ausgeflippt. Ich hab schließlich nicht mal meinen Artikel abgeliefert – ist das nicht verrückt? –, und wie dir mein Freund Crockers hier sagen wird, will das wirklich was heißen!«

Ein großes Stück gebutterten Hummers verschwand in Stones Mund. Sein kurzgeschnittener Bart schien es aufzunehmen; in seinen Augen hinter seiner strengen, runden Stahlbrille blitzten Erinnerungen auf. Tubbs stellte ihn sich zehn Jahre jünger vor, ganz ähnlich aussehend wie heute, mit weniger Falten um die Augenwinkel und ohne diesen toten Blick. Stone schien ganz gut mit seinen morbiden Erinnerungen klarzukommen. Tubbs betrachtete den Mann prüfend und überlegte sich, daß eine Leiche, deren Brust aufgeschlitzt war, um Kilobeutel mit Heroin aufzunehmen, Stone vielleicht doch nicht so ausflippen ließ, wie er es selbst behauptete. Vor seinem geistigen Auge sah er statt dessen, wie Stone das grausame Schauspiel mit einer Faszination betrachtete . . . die Art von Faszination, die die Römer sich für

die Burschen aufgehoben hatten, die Fische auf die Brust gemalt bekommen hatten und von Leoparden aufgefressen und von Dreizacks durchstoßen worden waren.
»Haben Sie die Information an den Geheimdienst weitergegeben?« fragte Tubbs nach einem weiteren Schluck, einem weiteren Bissen und einem weiteren Blick in Richtung Bar.
»Ein offizielles Protokoll. Eidesstattliche Erklärungen . . . und all dieses Zeug. Ja, Sir, das hab ich!« Stone imitierte das militärische Protokoll. Tubbs reagierte nicht auf den Scherz. »Dann hab ich mich nach New Mexico abgesetzt, um etwas zur Ruhe zu kommen. Damals war Taos noch in Ordnung, nicht das stinkende Touristenloch, das es heute ist. Nur noch Tausende von Köpfen, total anonym. Also, hier sitzt Stone, der Reporter, und wartet. Und alles, was der Geheimdienst herausbringt – sechs Monate später, wohlgemerkt – ist, daß es irgendein Junkiearsch aus San Francisco war, der sich inzwischen umgebracht hat. Was für eine lahme Geschichte – direkt aus 'nem Kitschroman, hab ich recht? Das alte Hitler-Syndrom. Sie graben diesen Burschen aus – oder zumindest, was von ihm übrig ist, denn sein Gesicht und sein Schädel und sein Gehirn waren als Dekoration auf seinen Küchenwänden zurückgeblieben – und sie entscheiden, daß *dies* der berüchtigte Sergeant ist. Ende der Geschichte. Sie schließen den Fall ab. Und nichts geht mehr.«
In Stones Augen glitzerte felsenfeste Überzeugung. Tubbs dachte an Ahab, der seinen weißen Wal jagt.
»Und wie sind Sie ihm wieder auf die Spur gekommen?« fragte Tubbs. »Und was bringt Sie zu der Annahme, daß er noch am Leben ist . . . und überdies seine Zelte in Florida aufgeschlagen hat?«
Stone ordnete wie zu einer Beschwörung sein Besteck, Wasserkaraffe und Gläser, während er seine Gründe vorbrachte,

fast so, als ordne er Schachfiguren für den Angriff. Es schien so, als kämpfe seine Geschichte darum, seinen Mund so schnell wie möglich zu verlassen; vielleicht hatte er auch nur zehn Tassen Kaffee zuviel gehabt, bevor er seinen kurzen heldenhaften Ausflug in den Sumpf machte. Tubbs hatte einen üblen Einfall, als er darüber nachdachte: Drogen. Wenn Stone irgendein Rauschgift benutzte, dann war es sicher kein leichtes Kaliber.

»Vor ein paar Monaten ist eine große Ladung im Nordosten aufgetaucht. In Boston. In Manhattan. Mir ist es aufgefallen, weil eine Menge Leute davon krank geworden sind, und die Radiosender sind voll von dem Gerede über den *verseuchten Stoff*. Zum Teufel, in New York gab es sogar einen Beitrag in den Fernsehspätnachrichten. Das war zu der Zeit, als sich die Vorfälle mit den vergifteten Arzneimitteln ereigneten, und jeder bewegte sich wie auf Eiern. Über alles wurde geredet, und die Behörden hielten es für ihre Pflicht, die Junkies im Norden zu warnen, daß sie sich vielleicht Gift in die Venen spritzten – als ob das je einen Junkie davon abgehalten hätte, sich eine Nadel in den Arm zu stechen. Auf jeden Fall höre ich, daß das Zeug aus Laos kommt . . . und ich spitze die Ohren. Ich habe sofort den Verdacht: der Sergeant. Ich besorge mir eine Probe von dem Zeug und bringe sie zu einem Chemiker. Und kapiert ihr: Das Zeug ist kein Heroin. Es ist Morphinbase, eine Abart des alten Heroin. Und jetzt kommt's: Was die Leute krank macht, das ist das Methanol, mit dem das Zeug getränkt ist. Holzalkohol.«

»Das verstehe ich nicht!« sagte Tubbs.

»Sie haben Holzalkohol zur Konservierung der Leichen benutzt, die von Vietnam zur Beerdigung in die Staaten geschickt wurden!« sagte Crockett. »Es war billiger als Formaldehyd. Nach dem Gesetz durften die Leichensäcke nicht mit dem Schiff nach Hause geschickt werden, wenn die Leichen nicht konserviert waren. Das bedeutet, wenn die Leichen auf dem Weg nach Hause mit Holzalkohol durchtränkt waren –«

»Und das war auch genau das, womit der Stoff vom Sergeant durchtränkt war!« fiel Stone ihm mit manischem Grinsen, das wie durch einen Zaubertrick auf seinem Gesicht erschien, ins Wort. »Heroin, das den ganzen Weg von Tan Son Hut bis nach Tacoma in Holzalkohol aufbewahrt wird, da kommt die Morphinbase heraus. Und wumm – hast du kranke Leute!«

Tubbs tastete immer noch Stones Geschichte ab. »Woher wissen Sie, daß die verseuchte Ladung von hier kam? Aus Florida, meine ich?«

Stone schnalzte verächtlich mit der Zunge und wischte die Frage beiseite. »Da gibt's viele Quellen, Mann. Wenn Sie was über meinen Ruf als Reporter wissen wollen, dann brauchen Sie bloß meinen alten Kumpel Crockers hier zu fragen.«

»Das paßt jedenfalls zusammen!« sagte »Crockers«. »Wenn ich eine so große Ladung hätte, dann würde ich sie auch gerne von meiner eigenen Türschwelle schaffen; um sie dann in die alte Heimatstadt New York zu schicken, das macht Sinn, Rico. Da gibt es mehr Junkies pro Kopf als irgendwo sonst!«

Etwas von dem alten Crockett-Humor blitzte in seinen Augen; sein Partner wußte, daß er sich über ihn lustig machte. Tubbs gab nicht nach. Die exotische Frau war fort, und er war jetzt entschlossen, das Loch in Stones Geschichte zu finden . . . wenn es eines gab. »Warum sollte er all die Jahre gewartet haben, bevor er den Stoff in großen Mengen verschob? Beim Rauschgift gibt's kein Verfallsdatum. Saigon ist vor mehr als zehn Jahren gefallen. Warum sollte der Sergeant bis jetzt warten, um das Zeug unter die Leute zu bringen?«

Stones Augen glänzten. Er trank sein Glas leer. »Genau das ist der Punkt, wo die Geschichte spannend wird. Vielleicht hatte der Sergeant früher nicht das nötige Geld, die Organisation oder die Verbindungen . . . aber ich glaube nicht, daß es darum ging. So könnte es gewesen sein: Vielleicht kam der Sergeant in die Staaten zurück, hat sich ein großes Haus gekauft, in sicheren Aktien investiert und auf die Inflation gewartet. Denk mal darüber nach – vor zehn Jahren hat ein Cheeseburger neununddreißig Cents gekostet. Also, man kann schlecht sagen, auf wieviel Millionen dieser Bursche saß . . . als er plötzlich entdeckte, daß sein ganzes Inventar sich auflöst, und daß er seinen Notgroschen verlagern muß, bevor er verdirbt. Ganz schönes Problem, was? Du wartest ein ganzes Jahrzehnt und stellst fest, daß nichts mehr da ist.«

»Du solltest das kennen!« sagte Crockett liebenswürdig. Er aß schließlich doch noch von dem Krebs.

»Das kannst du sagen, Freundchen. Ich habe selbst gewartet – zehn Jahre, um an diesen Schurken heranzukommen. Wir werden schließlich doch noch die Welt mit dem Sergeant bekannt machen!«

»Nur leider kümmert sich heute keiner einen Dreck um irgendeine üble Geschichte aus der schlimmen alten Vietnamzeit!« sagte Sonny. »Selbst die Infanterie hat vergessen, daß es den Sergeant gab . . . wenn er überhaupt je existierte.«

»Genau das ist es!« beharrte Stone. »Er existiert. Und ich werde es beweisen.«

Crockett wurde plötzlich klar, daß Stone sein ganzes Leben und seinen ganzen Ruf darauf gesetzt hatte, daß der sagenhafte Sergeant wirklich existierte. Der aufgeregte kleine Reporter hatte nicht nur zehn Jahre seines Lebens an diese obskure Nachforschung gesetzt, sondern . . . alles. Für ihn war dies Geheimnis der Inhalt seines Lebens. Die Jagd auf den Sergeant war der Antrieb, der Stone vor zehn Jahren vorangetrieben hatte, und das galt auch für das Hier und Jetzt, in der wirklichen Welt.

Crockett prostete ihm mit seinem fast leeren Glas zu. »Trinken wir darauf! Ich hoffe, du schnappst ihn.«

»Hoppla, hoppla – Crockers, mein Kleiner, ich hoffe, du hilfst mir, ihn zu schnappen!« erwiderte Stone mit dem eigenartigen Grinsen, das wohl sein Markenzeichen war. »Erinnerst du dich an Maynard?«

Crockett nickte. »Der gute alte Immobilien-Kapitän!«

Tubbs tappte völlig im dunkeln. Er aß.

»Der Große, der Einzige, du hast seinetwegen Krach geschlagen – und jetzt ist er wieder da.« Stone stieß seine Gabel gegen sein Glas wie ein Signal. »Ich habe gehört, daß er hier in der Gegend wohnt. Die Leute vom Langley-Luftwaffenstützpunkt konnten uns keine Adresse besorgen. Aber das ist typisch Maynard – sehr zurückgezogen, sehr privat.«

»Was könnte Maynard wissen?«

Stone zuckte die Achseln. Er sah aus wie ein Terrier. »Maynard wußte immer alles, was damals im Lande vorging, vielleicht kennt er sich auch hier so gut aus.«

Crockett dachte einen Augenblick lang über Maynard, auch »Immobilien-Kapitän« genannt, nach. Jeder in Vietnam hatte, so schien es, einen anderen Namen, fast so, als ob die Amerikaner dort auf einer außerirdischen Bühne Rollen gespielt hätten. Ein Passionsspiel mit echtem Blut. Da gab es den Sergeant – niemand kannte seinen wirklichen Namen, aber das war nichts Ungewöhnliches. Da gab es den Immobilien-Kapitän. In der wirklichen Welt hieß er Maynard. Zum Teufel, da gab es sogar Crockers – nach zehn Jahren erkannte er sich fast selbst nicht mehr in dieser Rolle. Maynard hatte überall seine Finger im Spiel; bei ihm liefen alle

Informationen zusammen und nahmen von ihm ihren Ausgang. Stones Vermutung war klug und wohldurchdacht. Vertraulich beugte sich Stone nach vorne, um seine wahre Absicht zu enthüllen. »Ehrlich gesagt, ich habe gehofft, du könntest einige von deinen Verbindungen bei der Polizei in Anspruch nehmen, um . . .«

Crockett lachte. Die Absicht war klar. »Und ich habe gedacht, das Mittagessen wäre umsonst.«

»Stell dich nicht so an!« sagte Tubbs lächelnd.

»Weißt du«, meinte Stone, »ich dachte an einen kleinen Gefallen so um der ›alten Zeiten‹ willen . . .«

»Ich hätte es wissen müssen!«

»Also, Crockers, du willst nicht mal auf den Busch klopfen? Man weiß ja nicht, was einem da entgegenspringt. Also, heißt das nun ja oder nein?«

Crockett schaute Stone prüfend an. »Hast du eine Telefonnummer?«

»Darauf kannst du wetten. Ich schlage dir einen Tausch vor. Eine von meinen gegen eine von deinen. Eine, die mich mit dem Immobilien-Kapitän in Verbindung bringt. Ja oder nein?«

»Ich werde der Sache nachgehen. Zum Teufel, vielleicht mache ich sogar mit.«

Stone nickte zustimmend. Zwischen alten Kumpeln und Waffenbrüdern klappte alles prima.

4

Es war Mittag, und Miami Vice lag wie ausgestorben da. In den Büroräumen stand die Hitze, und Fliegen versammelten sich um die sich träge drehenden Propeller. Crockett saß im ärmellosen T-Shirt und mit Schulterholster da; der untade-

lige Windsorknoten in Tubbs' Seidenschlips war endlich gelockert worden. Sie saßen sich an ihren Schreibtischen gegenüber und machten den Versuch, einen nichtssagenden Bericht über die absurde Drogenfahndungsrazzia herunterzuschreiben, die am Morgen stattgefunden hatte.
Sonny verbrachte natürlich einige Zeit am Computer damit, den Verbleib des »Immobilien-Kapitäns« festzustellen.
»Wirklich 'ne hübsche Gutenachtgeschichte!« sagte Tubbs und benutzte eine Serviette, die er sich bei der Kaffeemaschine geholt hatte, um sein Gesicht abzutupfen. Die Kaffeemaschine dampfte ätzend. Seitdem Tubbs bei Miami Vice war, hatte er gelernt, daß eine Tasse Kaffee aus der unvergleichlich schlechten Kaffeeproduktion von Miami Vice genügte, wenn er die Nacht durchmachen mußte; sie hielt ihn die ganze Nacht auf Überdruck und zerstörte zugleich einige hundert Geschmacksknospen.
»Was meinst du damit?« fragte Crockett, der hinter Gina Calabreses Computer stand. Gina war zusammen mit Trudy Joplin dienstlich unterwegs, sie waren beide auf der Nuttentour. Einige Dinge veränderten sich nie. Sonny entwarf rasch eine Nachricht, in der er Gina ein spätes Abendessen auf der »St. Vitus Dance« mit Steak und Salat und Bier und Alligator nach Wunsch vorschlug. Er hinterließ diese Botschaft auf Ginas Bildschirm. Zukunftsmusik.
»Ich rede von Stone. Stone, ziemlich ›stoned‹. Seine gigantische Geschichte hat ein oder zwei kleinere Webfehler. Ich würde mein Geld nicht darauf setzen.«
»Das hat auch niemand von dir verlangt, Rico!«
»Es hat so was . . . ich weiß nicht. Mr. Junkie geht zum Dealer.«
In Crocketts Antwort war Verärgerung spürbar. »Rico, ich habe eine ziemlich extreme Zeit zusammen mit diesem Bur-

schen in Vietnam verbracht. Was hast du gemacht, während wir in Vietnam waren und Zielscheibe spielten?«

»Ich habe es geschafft, nicht eingezogen zu werden, und ich habe das College zu Ende gemacht, aber was geht dich das an? Ich sage nur, wie ich es sehe . . . und wenn ich mir Stone anschaue, dann sehe ich einen Junkie, verstehst du? Kein Streit, kein Ärger, nur schlichte Fakten. Reg dich ab, Sonny. Du bist mit Leidenschaft dabei, aber du bist nicht dumm, und ich weiß, daß du genau das siehst, was ich auch sehe.«

Gedankenvoll überdachte Crockett seine Position. »Ich werde ihm auf keinen Fall sagen, er soll sehen, wo er bleibt. Genau das hat uns nämlich dieses ganze Land gesagt. Nachher.«

Lieutenant Martin Castillo ging geradewegs auf sein mit Jalousien versehenes Büro zu und warf den Detectives an ihren Schreibtischen einen raschen Gruß zu. Als er an Crockett und Tubbs vorbeiging, sagte er »Meine Herren!« in dem ihm eigenen vertrauten tonlosen Knurren, dann verschwand er in seinem Heiligtum.

Crockett erkannte seine Chance und folgte ihm.

Castillo blickte hoch und sah Crockett, der mit einem Bündel computergeschriebener Listen wedelte. Er lehnte sich in seinem Stuhl zurück und wartete darauf, die ganze Geschichte zu hören. Crockett trug ihm den Fall voller Enthusiasmus vor, trotz der Löcher, auf die Tubbs hingewiesen hatte.

»Das hier sind die Listen mit den Mordfällen des letzten Monats, aus Boston, Cleveland, Manhattan, Staten Island bis weit in den Westen, bis Chicago!« sagte er und schwenkte sein Beweismaterial. »Sie bestätigen Stones Geschichte von den ungelösten Todesfällen durch Methanolvergiftung. Wir hatten sogar hier einen, in Miami, im ›Veteran's Hospital‹.«

Castillo verschränkte die Arme über der Brust, ohne seine

Gefühle erkennen zu lassen. Er hatte sein Jackett ausgezogen, und seine Muskeln waren deutlich zu sehen, während er abwog, was sein bester Detective ihm erzählte.

»Also . . . vielleicht hört sich die Geschichte, daß der Sergeant lebt und munter ist, ja ein bißchen unwahrscheinlich an, das will ich ja gerne zugeben. Aber da haben wir die Methanol-Toten. Es muß etwas dran sein an dem, was er erzählt. Dieser Bursche war ein erstklassiger Reporter in Vietnam, und er hatte nie den Ruf, irgendwelche wilden Geschichten zu erzählen. Ich könnte der Sache ja in meiner Freizeit nachgehen. Ich möchte ihm gerne helfen, wenn ich kann.«

Ganz offensichtlich hegte Crockett irgendwelche romantischen Vorstellungen von einer Bruderschaft der Davongekommenen.

Castillo war nicht begeistert, aber gewillt zuzuhören. Er nahm die Informationen zur Kenntnis und sprach dann, ohne aufzublicken und Crockett in die Augen zu schauen.

»Sehen Sie zu, was Sie über unsere Verbindung zum Amt für Veteranen in Erfahrung bringen können. Und dann lassen Sie Stone seine Arbeit machen, und Sie machen Ihre eigene.«

Das war besser als nichts. Crocketts Augen glänzten hoffnungsvoll. Er nickte und verschwand.

Stone öffnete sein kleines schwarzes Notizbuch und wählte auf dem Haustelefon, das er sich vom Barmann hatte geben lassen, Dakotah Lees Nummer. Sein zweites Bier stand ziemlich unberührt in einer Wasserlache vor ihm, und der Schaum setzte sich langsam.

»Hallo, Schätzchen. Hier ist Stone. Ich hab dich gefunden. Stone hat dich im Blick.« Er kicherte. »Genau. Hör mal, ich treffe mich gerade mit ein paar Freunden und habe nicht viel Zeit zum Plaudern.« Das war eine kühne Bemerkung –

denn auch Dakotah hatte normalerweise wenig Zeit dazu.
»Ich ... also ich möchte dir einen Handel vorschlagen.«
Wieder Lachen, diesmal eher berechnend und ziemlich wohlgefällig. »Nein. Keine Informationen. Ich brauche das weiße Gift!«
Er malte auf seiner Serviette, während er die Sache einfädelte. Ein kleiner Plan mit Namen und Telefonnummern, mit Linien, die von *Dakotah Lee* direkt zum *Sergeant* führten. Er rahmte die Namen ein, kritzelte weiter.
»Genau so, in Ordnung. Ankunftszeit und alles übrige. Ich habe verstanden.«
Er legte gerade auf, als Sonny Crockett und Ricardo Tubbs von der hellbeleuchteten Straße in die düstere Hotelbar traten. »Stone, mein Junge!« sagte Crockett und machte sich nicht die Mühe, die Sonnenbrille abzunehmen. »Bist du zu einem Angriff auf das Veteranenhospital bereit?«
»Ich bin zu allem bereit!«
Tubb's Blick drückte Zweifel aus.

Der Besuch im Veteranenhospital war häßlich und deprimierend. Das Gebäude war ein grauer Steinklotz mit sonnenverbranntem Rasen, der dringend Wasser brauchte, davor flatterte eine verblichene US-Flagge im heißen Wind. Drinnen war es steril, aber abgenutzt. Die Männer, mit denen sie sich trafen, hatten etwas Verblichenes, Totes an sich. Der unvermeidliche Aufenthaltsraum war in der Tat ein trauriger Anblick – ein defekter Fernsehapparat, dessen Bild immer wieder verschwand, plapperte sinnlos in einer Ecke vor sich hin. Vier alles andere als gastfreundliche Veteranen vertrödelten ihre Zeit um einem schäbigen Poolbillardtisch herum, der dringend einen neuen Bezug brauchte.
Baker Hall, das war kein Raum, sondern eine Person – oder

was von ihr übrig war –, und auch er war häßlich und deprimierend.
Hall war der Zimmergenosse von Tony Fletcher, früher Corporal Fletcher von der 9. Infanteriedivision, jetzt tot dank einer Spritze voller Morphinbase. Hall war mürrisch und in sich gekehrt und letztlich keine Hilfe.
Crockett ließ eine Karte mit einer Telefonnummer zurück. Stone tat das gleiche. Die Karten wurden nicht aufgehoben, und Feindseligkeit schien ihnen zu folgen, als sie das Zimmer verließen.
Einer der Umstehenden, der ein schlechtes Acht-Loch-Billard spielte, rief hinter Stone her: »Das letzte, was die Öffentlichkeit jetzt braucht, ist eine Geschichte über einen desertierten Sergeant und über miesen Stoff, Drecksack! Das letzte, was sie braucht, ist noch eine miese Erinnerung. Fletcher war ein Junkie, und er ist gestorben . . . und ihr Burschen würdet einen Dreck darum geben, wenn ihr nicht glaubtet, daß ihr daraus 'ne große Geschichte machen könntet.« Er machte eine klassische obszöne Geste mit einem Finger, die er mit einigen unmöglich auszuführenden Anweisungen für körperliche Betätigung garnierte.
Stone grinste und deutete einen spöttischen militärischen Salut an. Er war wieder zu Hause bei den Wahnsinnigen.
»Wenn du dich für deine kleine Geschichte allzusehr anstrengst«, zischte ihm der Billardspieler zu, »dann könnte es sein, daß du selbst als ein Teil davon endest!«
»Du kannst mich mal, Junge«, verabschiedete sich Stone. Zu Crockett gewandt meinte er: »Verdammter Mist mit diesen Verlierern. Sie sind viel zu verbittert, um irgend jemandem zu helfen, und das schließt sie selbst mit ein.«
Ihre Schritte hallten auf dem verlassenen Korridor. »Was erwartest du, Ira? Man hat sie schon ausgebeutet, so weit es nur geht.« Dann hellte sich Crocketts Gesicht auf. »Aber du,

Mann . . . wenn diese Burschen deine Geschichte gelesen haben, dann wissen sie, daß sie mit einem Helden geredet haben. Du kannst ihnen einen Schnappschuß von der Pulitzerpreisverleihung schicken.«
Stone schnaubte zustimmend. Der Gedanke gefiel ihm. Sie schwiegen, während sie hinausgingen, bis Sonny das Schweigen brach.
»Was hältst du von ein paar Bieren auf einem Boot?«
»Kanonenboot oder Vergnügungsschiff?«
»Oh, ich glaube, das würdest du als Vergnügungsboot bezeichnen. Meine Zwölfmeter-Scarab. Für hunderttausend Dollar wunderbare technische Perfektion.«
»Das klingt außerordentlich lustvoll, Crockers, mein Junge.«
Stone freute sich auf einen Abend voller alkoholgeschwängerter Erinnerungen. Crockett hatte noch ein weiteres Motiv. Er wollte seinen alten Freund einer genauen kritischen Betrachtung unterziehen. Sie konnten zusammen ein paar Flaschen mexikanischen Biers leeren und dabei reden . . . die Art von Gespräch, die sich nur spät in der Nacht ergibt, wenn man nicht mehr auf der Hut ist. Er wollte herausbekommen, ob er einige der Unebenheiten bei Stone entdeckte, die für Rico Tubbs so offensichtlich waren.
Ja, Crockers, mein Junge, dachte er. *Jetzt hast du eine versteckte Untersuchung bei einem Burschen im Sinn, den du als alten Kumpel betrachtest. Das gibt dir ein richtig menschliches Gefühl, nicht wahr?*
Sie hatten die zweite Sechser-Packung mit mexikanischem Bier halb leer. Die Nacht hatte sich niedergesenkt. Crockett hatte das teure konfiszierte Schnellboot mitten in die Bucht gelenkt. Einige hundert Meter hinter ihnen bewegte sich die »St. Vitus Dance« an ihrem Liegeplatz an Kyle O'Hallorans Hafenteil sanft auf und nieder. Elvis, der Alligator, das frü-

here Maskottchen von Sonnys alter Footballmannschaft, den »University of Florida Gators«, schnarchte in der Nähe des Bugs. Sein Abendessen aus gefrorenem Barsch befand sich zur Verdauung in seinem großen Reptilienbauch. Die »St. Vitus Dance« gehörte ebenso wie das Schnellboot und der Ferrari Spyder zur Ausstattung, die Crockett als notwendig für seine Tarnung als Sonny Burnett betrachtete. Dunkles Wasser schlug gegen den Rumpf der Scarab und bewegte sie in der ruhigen nächtlichen See sanft hin und her. Was am Pier geschah, war hier nur als Bewegung von Lichtern zu sehen. Hier draußen konnte niemand sie belauschen. Wenn sie wollten, konnten sie hier sitzen und Selbstgespräche führen.

». . . und beim letzten Erkundungsgang nach Kambodscha, da hat es uns in der Dämmerung erwischt, gerade als die Sonne unterging«, sagte Crockett. »Sechziger flogen uns um die Ohren. Es wurde dunkel. Und da lagen wir im Dreck und warteten auf die nächste Salve aus den schweren Geschützen. Im Wald sah man nichts als Schatten. Der Vietkong wußte, daß die Anspannung uns alle wahnsinnig machen würde.« Er rauchte seine Zigarette bis zum letzten Rest und warf die Kippe ins Wasser. Er spülte sich mit dem letzten Schluck des dunklen mexikanischen Bieres den Rauch aus der Lunge, dann öffnete er eine weitere Flasche. »Ungefähr zwei Stunden später schleicht sich der Anführer der einheimischen Bergungstruppe aus der Deckung und sucht nach Toten aus den eigenen Reihen. Das war einfach. Man brauchte nur ein paar Meter zu gehen, egal in welche Richtung, und dann fiel man über den Leichnam eines gerade Gefallenen. Die Bäume sind voller Vietkong-Scharfschützen und regulärer Soldaten, und dieser Bursche fängt an, die Toten zu beschimpfen. Beleidigt sie. Er ist völlig ungedeckt, und es kümmert ihn überhaupt nicht, ob es ihn erwischt . . . denn er ist damit beschäftigt, die Toten zu beschimpfen.«

Stone lachte verständnisvoll. »Verrückt!« Aber er hatte Verrückteres gesehen.
»Ich steckte bis zum Hintern in einem Schlammloch!« fuhr Crockett fort. »Und ich sah etwas, das mich total ausflippen ließ!«
Stone hob die Hand, um ihn für einen Augenblick zum Schweigen zu veranlassen, und griff zum dritten Mal nach Crocketts Radiotelefon. Seine Verbindung kam zustande, und Crockett beobachtete die wechselnden Emotionen auf dem Gesicht seines Freundes. War er ein Freund, ein Kamerad? Oder bloß irgendein Infanterist, mit dem er eine gemeinsame Vergangenheit hatte?
»Ja, hallo? Hallo, wie geht's? Hier ist wieder Stone, ich wollte Maynard sprechen. Ja, richtig. Er ist immer noch nicht zu sprechen . . . in Ordnung, es war nur so, daß ich mein Büro verlassen habe, und ich dachte, daß ich vielleicht seinen Anruf verpaßt habe. Ich hatte den Eindruck, daß er vielleicht versucht, mich zu erreichen, und daß wir uns da bloß kurzschließen müssen. Hmm-hm. Also, warum sagen Sie ihm nicht einfach, daß Ira Stone eine sehr interessante Geschichte für ihn hat und daß ich dächte, er würde sie vielleicht gerne hören. In Ordnung – vielen Dank. Wiederhören!«
Er legte auf und nahm einen großen Schluck Bier. »Kein ›Immobilien-Kapitän‹. Vielleicht ist er damit beschäftigt, seinen Besitz zu konzentrieren, oder was immer er sonst so treibt!«
»Sitzt auf seinem Besitz wie eine Spinne im Netz!« überlegte sich Crockett.
Stone holte einen großen Joint hervor und zündete ihn an. »Mmmh!«
»Weißt du nicht, daß dieses Zeug ungesetzlich ist?« fragte Crockett mit gespielter Entrüstung. »Zum Teufel, diese dummen Kinder, die wir heute morgen hochgenommen ha-

ben . . . alles, was sie bei sich hatten, waren acht Kilo Haschisch. Bekloppt. Du rauchst Drogen in Gegenwart eines Gesetzesvertreters, Stone . . .«
»Ja, ich weiß. Das ist Radikalismus. Willst du was davon?«
Crockett warf ihm einen sauren Blick zu und drehte sich um. Wenn er eingewilligt hätte, dann wäre die Illusion, wieder in die alte Zeit in Vietnam zurückversetzt zu sein, nahezu perfekt gewesen.
»Und wie ging die Sache mit dem Bergungstrupp-Führer weiter?«
»Oh. Der verbrachte einige Zeit damit, im Dschungel herumzuschießen, weißt du, *Zielschießen auf Verdacht*.« Stone nickte, er verstand den Ausdruck. Wenn man nachts auf Streife war und nicht genau wußte, wo der Feind sich aufhielt, dann schoß man einige Salven in die Richtung, wo man ihn vermutete . . . wenn er dann zurückschoß, wußte man, wo er war. Das war Zielschießen auf Verdacht.
»Niemand ist darauf hereingefallen!« sagte Crockett.
»Du hast gesagt, du hättest etwas gesehen, während du in dem Schlammloch saßest«, erinnerte ihn Stone. Er war ein besserer Reporter, als er erkennen ließ; seine Technik bestand darin, unermüdlich zu sein, und ohne es offen zu erkennen zu geben, dirigierte er die Unterhaltung, so daß Sonny den Hauptteil an Erinnerungen lieferte. Nicht schlecht für jemanden, den Tubbs schon als völlig ausgebrannt abgeschrieben hatte.
»Richtig!« Crockett nahm einen Schluck von seinem Bier und sog in tiefen Zügen die salzige Luft ein. Sein Kopf war ein wenig benommen. »Ich lag tief im Matsch, mitten in der Nacht. Um mich herum überall Feuerstöße; Vietkong-Scharfschützen nahmen mit ihren AK-47ern alles aufs Korn, was sich da auch nur als Schatten zeigte. Sie benutzten große Bananen-Magazine, die dreißig, vierzig Salven

enthielten, doppelt so viele, wie die M-16 hatten, es sei denn, man manipulierte an der Waffe herum, und genau das war es, was eine Menge Leute in meiner Einheit taten. Jedenfalls hörte ich Feuerstöße *hinter* uns. Alle flippten völlig aus und suchten das Schußfeld nach Vietkongs ab. Nichts. Plop – unsere eigenen Leuchtraketen fliegen in die Luft, rot, im Unterschied zu den blauen, die der Vietkong ungefähr alle fünfzehn Sekunden abschießt. Und ich schaue nach links, in ungefähr dreißig Meter Entfernung. Und ich sehe diesen Corporal – wir nannten ihn Midnight, einen großen schwarzen Burschen, der kahlköpfig war und dessen Zähne sämtlich goldgerändert waren – und er erschießt all diese wundervollen Spezial-Spürhunde!«

»Puh!« flüsterte Stone. Die leuchtende Spitze des Joints glühte im Halbdunkel auf, als er daran zog und den Rauch inhalierte.

»Stell dir vor: Midnight hatte diese wundervollen Spürhunde so gründlich trainiert, daß es zu gefährlich war, sie in die Staaten zurückzubringen. Und da wurde mir klar, daß die ganze Einheit zurückkommandiert worden war. Wir gingen nach Hause. Saigon ging zum Teufel. Wir lagen unter Feuer. Und in diesem Augenblick sagte ich zu mir: ›*Wir gehen nach Hause . . . denn Midnight erschießt seine Hunde.*‹ Und er hat diese Hunde geliebt. Verfütterte das eingemachte Fleisch aus den Kampfrationen an sie, sagte, sie liebten Abfall.«

Stone erinnerte sich an die Kampfrationen. Sie wurden in kleinen braunen Kästen geliefert. Das Beste daran war das Päckchen mit den drei Zigaretten, das es zu jeder Mahlzeit gab, zusammen mit einer Schachtel Streichhölzer. Alles ohne Rückstände zersetzbar.

»Und Midnight tat mir leid, wie er seine eigenen Hunde umbrachte, weil sie zu gefährlich waren, um sie mit nach Hause zu nehmen. Und ich dachte weiter, daß ich Midnight aus demselben Grund umlegen sollte. Und dann sollte jemand mich umlegen . . . und dann sollte jemand diesen umlegen . . .«

Er verstummte und schaukelte auf seinem Stuhl vor und zurück. Das einzige, was jetzt noch fehlte, war . . .

»Beschuß!« brüllte Stone und sprang auf die Füße.

Crockett wirbelte herum, er war nicht sicher, ob Stone scherzte oder ob er jetzt den Verstand verloren hatte. Dann hörte er das Surren des sich nähernden Geschützfeuers – es gab kein anderes Geräusch in der Welt, das diesem vergleichbar war. Ein schneidender, pfeifender Ton, der schnell so laut wurde, daß er die Ohren durchbohrte und an den Zähnen weh tat.

Stone warf sich aufs Deck. Das war keine Frage eigener Entscheidung, sondern eine angelernte Reflexbewegung – selbst wenn man ihm eine Million Dollar angeboten hätte, hätte er das nicht ändern können.

Crockett stand ungläubig und mit zitternden Knien da.

Beschuß? War das ernst gemeint, um Himmels willen?

Die Salve traf in ungefähr drei Meter Entfernung von der Schiffseite ins Wasser und schleuderte einen Wasserfächer in die Luft, als sie detonierte. Die Scarab geriet durch den Druck heftig ins Schaukeln.

»Um Himmels willen!« schrie Crockett, sprang zum Fahrersitz und drückte auf den dicken roten Knopf des Anlassers. Die Mercury-Zwillingsmotoren sprangen mit röhrendem Geräusch an, und Crockett legte schnell den höchsten Gang ein.

Stone lag flach auf dem hinteren Deck, die Arme über dem Kopf, und schrie immer noch »Beschuß!«, denn eine weitere Salve war unterwegs. Eine weitere weißschäumende Explosion ging da in die Luft, wo nur Sekunden zuvor die Scarab im Wasser gelegen hatte.

Platsch! Mehr Wasser ging in Rauch und aprikosenfarbenem Feuer auf. Der Geruch von brennendem Wasser. Das konnte man sich nur vorstellen, wenn man dabeigewesen war.
Stone klammerte sich am Bootsrand fest und konzentrierte sich darauf, wo die Schüsse herkamen. Jemand dort hinten im Hafen beschoß sie mit Sechzig-Millimeter-Brandgeschossen. Ziemlich gut gezielt. Er sah das Aufblitzen einer weiteren Salve, die den Mörser verließ.
Crockett wurde klar, warum Stone immer noch die drahtgeränderte Kampfbrille trug, so häßlich und unmodern wie sie war. Sie blieb während des ganzen Angriffs auf seiner Nase.
»Beschuß!« brüllte Stone erneut. »Zeig ihnen deinen Rückzug, Crockers! Die sollen dich nur noch von hinten sehen! Ja!« Er legte die Hände zu einem Trichter zusammen, um über das aufgewühlte Wasser zu schreien. *»Weit daneben, schlitzäugiges Pack! Versucht's noch mal!«* Dann begann er das Lied der ›Stones‹ zu singen: *»Have You Seen Your Mother, Baby, Standing In The Shadow«*, so laut er nur konnte.
Crockett bewegte die Scarab auf einem Zickzackkurs. Der dritte Schuß traf schon nicht mehr nahebei, und er legte noch mehr Abstand zwischen sich und die Mole, bis er und Stone außer Schußweite waren. Sein Herz drohte ihm aus dem Leib zu springen. Er und Stone hatten über den Krieg geredet . . . die Erinnerungen wurden lebendig . . . und mit einem Mal wurde die Nacht von Schüssen belebt, so als ob die Stärke und Kraft der Erinnerung sie dazu gebracht hätte, sich hier, mitten in Miami, zu manifestieren. Der Vietnamkrieg war vorbei. Und hier waren sie und versuchten, dem Beschuß zu entkommen.
Stone hatte die Tonart gewechselt, er war nun bei *»Satisfaction«*. Seine Singstimme war grauenhaft, vor allem jetzt, wo er aus vollem Halse sang, um das Geräusch der explodierenden Geschosse zu übertönen.

In der Ferne war Geschützfeuer sichtbar. Zwei weitere Salven schossen in den Himmel, suchten den Weg zur Scarab und waren viel zu kurz. Sie trafen die See und verursachten vielleicht einige Verluste unter den hiesigen Fischen. Beim letzten Schuß erreichten die Wellen nicht einmal mehr das Boot.
Der Angreifer packte seine Sachen zusammen und machte sich davon. Auf diese Entfernung konnte Crockett überhaupt nichts tun. Wenn er Verstärkung herbeirief, so brachte das nur eine Menge mürrischer Polizisten ein, die sowieso zu spät kamen.
Er stellte die Motoren ab, und die Scarab trieb dahin. Er brauchte jetzt wirklich dringend einen Drink.
Stone hielt sich den Bauch und schüttelte sich vor Lachen wie ein Verrückter.

5

»Bist du sicher, daß es ein Mörser war?«
Tubbs saß in dem ungemütlichen Kasten, den der Lieutenant sein Büro nannte, auf der Kante von Castillos Schreibtisch und rührte in einer Plastiktasse lauwarmen Kaffees, der voller Zucker- und Milchersatz war. Die Frage entfuhr ihm und stand jetzt unbeantwortet in der erdrückenden Stille. Sein feinknochiges, katzenhaftes Gesicht nahm den Ausdruck vagen Unbehagens an. Zum Teufel, jemand mußte doch die Fragen stellen, die auf der Hand lagen . . .
»Nun halt mal die Luft an!« knurrte Crockett, der sich den Nacken rieb. Den größten Teil des Alkohols, den er im Blut gehabt hatte, hatte er schon während der Aufregungen im Hafen ausgeschwitzt, und dieser Adrenalinstoß ließ ihn mit einem Gefühl leichter Übelkeit zurück. Ira Stone war im vor-

deren Büro, abgeschirmt von dem vertraulichen Gespräch unter Polizisten. Seine Füße lagen auf Sonnys Schreibtisch. Die Arme hatte er auf der Brust gefaltet, und sein Kopf war auf die Brust gesunken. Er schlief fest. Nur Ira Stone konnte unter Umständen wie diesen in Tiefschlaf fallen; ein normaler Polizist würde immer noch vor Angst die Wände hochgehen. Kampferfahrung hatte gespenstische Auswirkungen auf die Menschen, sie veränderte auf merkwürdige Weise. Stone würde schlafen, bis ihn das Sonny-Crockett-Taxiunternehmen nach Hause transportieren konnte.
Beide, Crockett und Stone, waren immer noch von Meerwasser durchnäßt.
Alle Augen waren auf Tubbs gerichtet. »Also«, sagte er, vorsichtig geworden, »du mußt zugeben, daß das schon eine sehr eigenartige Waffenwahl ist!«
»Wer also?« Es gehörte zu Castillos Gewohnheiten, seinen Mitarbeitern das Reden zu überlassen. Er redete nur, und dann meist ziemlich einsilbig, wenn er weitere Informationen brauchte, um eine Entscheidung zu treffen. Im Augenblick hing seine Jacke am Kleiderständer, und sein eng geknoteter Schlips hing schief über seinem steif gestärkten weißen Hemd. Die Hände hatte er tief in die Hosentaschen geschoben. Castillo verbreitete stets den Eindruck, ein Mann zu sein, bei dem sich unter der Oberfläche eine Menge tat. Sein Gesicht war unbewegt, wie in Stein gehauen, aber eckig und rissig, so als arbeite in ihm eine starke innere Kraft. Er war ein Rätsel. Wie Buddha.
Stan Switek – den seine Familie zu Hause in Arkansas Ernie nannte – war ebenfalls dabei. Der große, bärenhafte Polizist hatte sich in der Nähe der Bürotür postiert und lehnte sich gegen sie. Mit dem Wechsel der Jahreszeiten hatte er sich einen kräftigen, vollen rostroten Bart wachsen lassen, und zur Zeit erblühte er gerade in voller Schönheit. Er trug ein bun-

tes, flatterndes Hawaiihemd und schlürfte eine Diätcola aus einem Riesenbecher. »Fang doch mal am anderen Ende an!« schlug er vor. »Vielleicht galt der Anschlag gar nicht Sonny. Vielleicht versuchte der Bursche mit dem Mörser, Stone umzulegen.«
Die versammelten Polizisten dachten darüber nach. »Vielleicht haben wir jemanden im Amt für Veteranen in Aufregung versetzt!« meinte Crockett. »Ein mieser Haufen, das kann man wohl sagen. Jedermann dort litt an einem enormen Schuldkomplex.«
Castillos Blick senkte sich auf seinen Schreibtisch-Notizblock. Tommy Ray Zito, Switeks Partner, fehlte bei diesem kleinen mitternächtlichen Konklave, und Crockett wurde klar, daß Castillo ganz automatisch Zito darauf angesetzt hatte, die Verbindung zum Amt für Veteranen zu überprüfen. Auch wenn nichts dabei herauskam.
»Switek. Sie haben etwas von laotischem Heroin gesagt?«
Der stämmige Mann nickte. »Ja. Es ist gerade in den Handel gekommen. Draußen heißt es, daß noch eine ganze Menge mehr davon da ist.«
Castillo hatte erfahren, was er wissen wollte. Er wandte seine Aufmerksamkeit Tubbs zu. »Sie gehen mit Switek. Er ist derjenige, der die Verbindungen hat; Sie spielen den Neuling, der gerade erst in der Stadt angekommen ist. Er wird Sie bei den anderen einführen. *Sonny.*«
Crockett wachte aus seinen Überlegungen auf.
»Bleiben Sie bei Stone . . . aber lassen Sie ihn nicht die Führung übernehmen.«
Crockett nickte, wobei er die ganze Zeit durch das schallsichere Fenster den schlafenden Journalisten betrachtete. »Stone versucht, Verbindung zum Immobilien-Kapitän aufzunehmen, einem alten Kommandanten aus Vietnam!« sagte er. »Aber er rennt gegen eine Mauer. Ich will selbst versu-

chen, zu Maynards Leuten Kontakt aufzunehmen und mir Zutritt zu verschaffen. Mal sehen, was dabei herauskommt . . . wenn überhaupt etwas.« Er zündete sich eine neue Lucky an.

Castillo stieß einen tiefen Seufzer aus, griff nach seiner Jacke und verließ als erster das Büro, um nach Hause zu gehen und etwas von dem längst fälligen Schlaf nachzuholen.

Switek war wirklich ein appetitlicher Anblick. Von den Ketten, die seine Motorradfahrerstiefel schmückten, bis zu den hautengen schwarzen Lederhosen mit goldenen Reißverschlüssen, die sich auf der Innenseite der Oberschenkel emporzogen, dem Motorradkettengürtel mit doppeltem Handschellenverschluß, dem deutlich sichtbaren Bierbauch und der behaarten Brust, der passenden schwarzen Lederweste, den schweren Metallabzeichen und der Lederkappe war er für die Jagd nach frischem jungen Fleisch ausgestattet. Jeder beliebige Schwulen-Nachtclub in der Stadt hätte ihn mit Wonne aufgenommen und ihn mit Haut und Haaren verschlungen. Tubbs war nicht sicher, ob er lachen oder weinen sollte.

»Hör mal zu, Tubbs, nur weil eine Lederbar nicht gerade der Ort ist, an dem du dich vergnügst, heißt das noch nicht, daß da nicht wertvolle Informationen zu holen sind. Die Jungs kommen da zu einem Schwätzchen zusammen. Ich bin also direkt an die heiße Leitung angeschlossen. Switek kann Ergebnisse vorweisen.«

»Was bezahlst du, wenn du deinen Anzug polieren läßt?«

»Spiel hier nicht das Großmaul. Das hier an meinem Gürtel sind echte Handschellen. Faszinierend, nicht wahr?«

»Ausgesprochen respekteinflößend!« schmunzelte Tubbs und konnte dabei ein Grinsen nicht unterdrücken.

Sie durchquerten die trüb beleuchtete Halle des »Pack 'Em Inn«-Hotels, wobei Switeks Motorradfahrerstiefel dröhnten und seine Ketten klirrten, kontrastiert vom sanfteren Trittgeräusch der kostspieligen italienischen Lederschuhe, die Tubbs' Füße bekleideten. Das »Pack 'Em Inn« war so etwas wie ein Denkmal für die schwule Lederszene von Miami. Zimmer wurden halbstundenweise vermietet – für fünfzig Dollar. Passanten lockte das Hotel mit einer flackernden blauen Neonreklame an seine Tür. Das »A« und das zweite »N« im Namenszug »Pack 'Em Inn« waren dunkel. Alles notwendige Licht schien aus Vierzig-Watt-Lampen zu kommen, die von nackten Kabeln hingen. Die Farbe in den Fluren war abgeblättert und abgestoßen. Das Ganze roch wie ein Umkleideraum in einer Turnhalle an einem heißen Tag.

»Das hat echt Klasse!« murmelte Tubbs, »vor allem unterste Klasse!«

»Ja, das ist wirklich eine ganz neue Erfahrung für die Geruchsnerven!« erwiderte der als Lederqueen verkleidete Switek. »Du und Crockett, ihr macht euch an die Klassegangster heran – so wie den kolumbianischen Drogenkönig, der Millionen verdient und dabei kaum seinen Namen schreiben kann. Larry und ich, wir müssen sehen, wie wir zurechtkommen. Wir bekommen 'ne ganze Menge aus 'nem gewöhnlichen Feld-Wald-und-Wiesen-Spitzel heraus. Hier hängen alle eng zusammen. Eine Art von Familiengefühl.«

»Ja. Wohl so wie die Manson-Familie!«

»Halt die Luft an, schwarzes Bürschchen!«

Als sie sich ihrem Ziel, Zimmer 102, näherten, konnten sie Musik hören, die immer lauter wurde. Robbie Kreiger von *»The Doors«* arbeitete sich durch das Gitarrensolo von *»Five To One«*. Schlechte Lautsprecher brüllten die Melodie in ohrenbetäubender Lautstärke heraus.

»Ziggys Lieblingsband!« sagte Switek und wies mit dem Daumen auf die Tür. »Die Burschen sind in Ordnung.« Er schloß seine riesige Hand zu einer fleischigen Faust und

hämmerte unterhalb der farbverschmierten Messingnummer an die Tür. »Hallo! Ziggy, mein Junge! Bist du zu Hause?«
»Die Lichter brennen . . .« scherzte Tubbs, »aber ist jemand zu Hause?«
Switek klopfte noch lauter an die Tür und ließ sie in ihrem verrotteten Rahmen wackeln. »Hallo, Ziggy! Hier ist Zoom! Ich bin ein Freund von Thumper. Mach auf, Mann, es ist alles in Ordnung!»
»Hör auf, gegen meine Tür zu bollern!« ließ sich von drinnen eine undeutliche, verärgerte Stimme hören. »Die Tür ist nicht verschlossen!«
Switek drehte an dem losen Türknopf. Es stimmte.
Der unglaubliche Junkie-Gestank aus Zimmer 102 traf Tubbs wie eine Torte ins Gesicht. Der überfüllte, feuchte Kasten enthielt mehrere Mülltonnen voll leerer Fast-Food-Kartons – zerbeulte Styroporbehälter und fettiges Einwickelpapier lagen zusammen in Haufen wie Schnee mit Firmenzeichen. Der Geruch war einzigartig.
Ziggy – mit wirklichem Namen Harald Dennison – hatte sich auf dem einzigen richtigen Möbelstück niedergelassen, das der Raum enthielt, einem schmutzigen orangefarbenen Sofa, das aussah, als wäre es aus einem Bombardement gerettet worden. Auf einer umgedrehten Gemüsekiste stand ein alter Zenith-Fernsehapparat mit einer schlappohrigen Antenne, die in Aluminiumfolie gewickelt war. Tubbs hatte den Eindruck, er könne Fetzen von faulendem Gemüse sehen, die immer noch an der Kiste hingen, jetzt braun und ganz und gar vom beachtlichen und stets hungrigen Kakerlakenbestand des »Pack 'Em Inn« abgefressen.
Die Spät-Wiederholung einer der täglichen Schnulzenserien flackerte über den verschwommenen Schwarzweißbildschirm. Eine Menge häuslicher Kümmernisse. In einer hal-

ben Stunde so viel Sorgen und Nöte, daß es ausgereicht hätte, eine gesamte europäische Grafschaft in Aufruhr zu versetzen.

Ziggy nickte heftig, sein Kinn schien auf seiner Brust abzuprallen. Seine Augen waren nach unten gerichtet und nahmen die läßlichen Sünden, die sich auf dem Bildschirm vor ihm abspielten, nicht wahr. Seine Spritze und der Löffel, in dem er seinen Stoff vorbereitet hatte, lagen in der Nähe seines linken Arms auf dem Fußboden. Wie Tubbs bemerkte, hatte er sich den Arm mit einem Schnürsenkel abgebunden.

Switek war als erster bei ihm, in seiner Stimme lag brüderliche Mißbilligung. »Aber, aber, Ziggy, Junge . . . du hast mir doch gesagt, du würdest die Finger davon lassen. Verdammt noch mal. Sag nichts! Laß mich raten! Du hast gehört, daß das Heroin aus Laos viel zu gut ist, als daß man die Gelegenheit verpassen dürfte, hab ich recht?«

»Billig!« murmelte Ziggy, dessen Augen glasig waren und dessen Mund unkontrolliert offenstand. Ohne daß er es merkte, lief Speichel aus seinem Mund. »Billiger Stoff. Guter Preis!«

Switek setzte seine Plaudereien fort, aber sein Benehmen wurde dabei ernsthaft und besorgt, als er sich auf ein Knie niederließ und professionell nach Ziggys schwachem Puls tastete. Dann legte er dem Junkie zwei Finger auf die Halsschlagader. Das war Switeks Art – er benutzte den Anschein bärenhafter Unbeholfenheit, um seine Umgebung in dem falschen Eindruck zu wiegen, daß er stumpf, langsam und dümmlich war. Auf diese Weise unterschätzten seine Gegner ihn stets. »Es geht ihm nicht gut!« rief er über die Schulter Tubbs zu.

»Superbilliger Stoff, Zoom. Glaub mir!«

»Ja, ja, Zig – sprich nur weiter mit dem guten alten Zoom. Ich bin hier.«

Bei Ziggy hatte sich eine fürchterliche Leichenblässe eingestellt. »Zoom?« sagte er mit erbärmlichem Winseln. »Zoom? Ich fühle mich nicht so toll. Ich fühle mich . . . ich weiß nicht. *Übel.*«

»Zig – wo hast du dir das Laos-Heroin besorgt? Ich möchte wirklich selbst davon. Du hast vermutlich bloß ein paar verdorbene Tacos oder so was gegessen. Komm schon, Junge – sag deinem alten Kumpel Zoom, wo du es her hast.«

Ziggy reagierte auf diese eindringliche Befragung. Es war so, als schaute man einem Computer zu, der versucht, die Zahl Pi bis zur letzten Stelle zu berechnen.

»Dakotah!« sagte er schließlich.

»Dakota!« Switek begriff nicht. »Nord- oder Süddakota?«

»Mir geht es gut, Mann. Du hast recht. Mir ist schlecht von dem verdammten Essen. Ich will nichts mehr essen.« Ziggys Hand suchte nach der Spritze und dem Besteck, und Switek schob sie außer Reichweite.

In seinen Augen war kein Funken Humor mehr, als er sich zu Tubbs umdrehte und ihm zuraunte: »Geh nach unten. Da ist 'ne Telefonzelle vor dem Eingang. Ruf sofort einen Krankenwagen.«

»The End!« sagte Ziggy.

Switek schüttelte ihn bei den Schultern. »Ja, ja, einer meiner Lieblingssongs von den Doors, und was ist damit?«

»Dakotah.«

Tubbs blieb einen Augenblick wie festgenagelt von dem schrecklichen Anblick an der Tür stehen, dann rannte er zurück in den Flur, um die »Erste Hilfe« zu holen. Als der Krankenwagen unterwegs war, tätigte er einen zweiten Anruf, um ihn abzubestellen. Jetzt brauchten sie einen Leichenbeschauer.

6

»Ich hasse Überraschungen!« nörgelte Stone. Es war ungefähr achtzehn Stunden, nachdem Ziggys Leiche in einer gekühlten Schublade im Leichenhaus von Dade County untergebracht worden war.
Crockett hatte den Bericht von Switek und Tubbs durchgeblättert. Er ließ nicht zu, daß er die gute Laune vertrieb, die er in Stones Gesellschaft ausstrahlen wollte. Er lenkte den Ferrari die Mason Avenue hinunter, und die Quecksilberdampflampen warfen bizarre Muster auf die hochglanzpolierte schwarze Motorhaube des Wagens. Sie drangen in das Reiche-Leute-Viertel ein.
»Komm schon, Ira, nur noch eine kurze Unterbrechung. Es ist nur eine *kleine* Überraschung. Und dann genehmigen wir uns ein Bier. Ich verspreche dir, heute nacht gibt es keinen Mörserbeschuß.«
»Das war wirklich 'ne Sache!« sagte Stone, als ob er die Erinnerung auskostete. Die nächtlichen Lichter huschten über die dicken Gläser seiner Soldatenbrille.
Von der Mason Avenue aus fuhr Crockett die Kurven und Biegungen der Governor Street ab und fuhr dann auf der Senator Avenue zurück. Die Richtungen begannen ihn zu verwirren. Es schien, daß der Ferrari die Straßen, durch die er vor wenigen Minuten gekommen war, nun in entgegengesetzter Richtung abfuhr. Stone verspürte allmählich ein Schwindelgefühl. Er zog es vor, an die Aufregungen und die hautnahe Gefahr des kleinen Seegefechts in der letzten Nacht zu denken.
Schließlich lenkte Crockett den Spyder durch zwei hochaufragende Granitsäulen hindurch, auf jeder stand eine viktorianische Gaslaterne. Eine verwitterte Bronzeplatte, die im Stein befestigt war, trug die Aufschrift VANCE. Hausnum-

mern waren nicht zu sehen, wie es in dieser Art von Wohnvierteln üblich war – exklusiv, isoliert, sehr individuell. Sehr zurückgezogen. Sehr privat.
Die eisernen Tore waren einladend geöffnet, und die Ränder der geschwungenen Auffahrt waren bald voller Wagen – Mercedes, Jaguar, mehrere Limousinen. Deren Fahrer standen herum, erzählten sich Geschichten und polierten die Kühler ihrer Wagen mit ihren Hinterteilen. Die Zweige der Bäume, die auf dem Grundstück standen, wuchsen über der Einfahrt zusammen und bildeten einen eigenartigen Baldachin, so als ob dieses kleine Goldnest in einem Blätterkokon eingeschlossen war, der es von der Welt draußen isolierte.
Ein livrierter Diener winkte den Ferrari in einen schmalen leeren Parkplatz auf der Ostseite der Einfahrt.
»Piekfein!« murmelte Stone. »Was hat das zu bedeuten, Crockers? Willst du mich heute in die Oberschicht einführen? Schaut euch Stone an, den ausgeflippten Vietnam-Veteranen, der seine Paranoia-Schau abzieht? Nicht besonders lustig, Mann. Ich habe gedacht –«
»Beruhige dich!« sagte Crockett. »Davon kann nicht die Rede sein. Du und ich, wir waren im selben Boot. Das hier ist eine Überraschung. Etwas, das uns helfen soll, zu begreifen, wo wir stehen; weißt du, was ich meine?« Er strich sich sein stets verstrubbeltes Haar nach einem Blick in den Rückspiegel des Spyders zurecht und stieg aus.
»Um mich herum gibt es, wie wir einst in Vietnam zu sagen pflegten, schlechte Vibrationen.«
»Komm, komm. Langsam hörst du dich wie eine ängstliche alte Dame an, Stone, mein Junge!«
Eine Party war in vollem Gange. Sie füllte das ganze beachtliche Anwesen aus und reichte bis hinaus zum Pool – soviel konnten sie durch die Vorderfenster sehen. Butler mit

schwarzer Fliege servierten Drinks, wie auch Kellnerinnen in nachgemachter französischer Aufmachung.

Manche Stücke der Ausstattung des Arbeitszimmers wirkten eigenartig. Crockett und Stone ließen sich treiben und nahmen sich bei Gelegenheit Drinks. Es gab da eine riesige zerfetzte laotische Flagge, die auf der Natursteinwand des Kamins über gekreuzten Säbeln befestigt war. Der Kamin war so groß, daß man ihn als zusätzliches Zimmer hätte zählen können. Die Ausstattung war unübersehbar militärisch, von der martialischen Dekoration des Schreibtischs bis zu der Vitrine mit Ehrenzeichen und Orden.

»Maynard!« sagte Stone plötzlich und begriff. »Der Immobilien-Kapitän.«

»Dieser Mann hat eine dicke, fette Zigarre verdient!« Dieser Ausspruch war allerdings nicht ganz so witzig – denn die Hälfte aller barschen alten Militärs im Arbeitszimmer paffte an dicken, ungesunden kubanischen Stumpen. Crockett wurde klar, daß man dies nicht eigentlich *Arbeitszimmer* nennen konnte. Dies, Freunde und Nachbarn, war ein Kriegszimmer. So wie man sagte: *Die Frauen können sich unterhalten, während wir zu Zigarren und Brandy ins Kriegszimmer gehen, Männer.*

»Das ist überhaupt nicht lustig!« wiederholte Stone. »Mitten in einer Party? Übrigens habe ich heute morgen schon mit Maynard telefoniert.«

»Ja? Davon hast du mir nichts gesagt!« Crocketts Alarmglocken klingelten Sturm.

»Maynard kann uns in diesem Fall nicht helfen!« sagte Stone ein bißchen zu rasch, ein bißchen zu beiläufig. »Er wußte nichts, was ich gebrauchen konnte.«

Crockett traute seinen Ohren nicht. »Und du nennst dich selber einen erstklassigen Reporter, Ira? Louis Lane wäre da

ja noch besser. Du weißt, wie nichtssagend Telefonkontakte sein können. Wir wollen mal ein bißchen den Baum schütteln und dann sehen, was dabei herunterfällt. Wir wissen beide, daß Maynard in Vietnam eifrig Informationen gesammelt hat. Der Immobilien-Kapitän wußte über jeden etwas.«
Stone schaute sich nervös um, als ob er erwartete, daß im nächsten Augenblick jemand beginnen würde, auf ihn zu schießen. »Kumpel – was glaubst du, wird er dir *nicht* erzählen, was er mir schon *nicht* erzählt hat?«
»Vielleicht war deine Art, ihn zu fragen, nicht die richtige? Du bist nicht gerade für Höflichkeit und Takt berühmt.«
»Du kannst mich mal!« Das war ohne Bösartigkeit gesagt, einfach nur so. Wie in alten Zeiten.
»Komm, wir suchen ihn und machen ihm ein bißchen Dampf, mal sehen, was dabei herauskommt.« Crockett war hellwach, er sah sich suchend um, bis sein Blick auf ein Gesicht fiel, das ihm vertraut vorkam.
Die bestgekleideten Leute bei dieser Party waren zweifelsfrei die Hausangestellten. Die Gäste waren entschieden zwanglos angezogen. Die Frauen trugen knallig bunte Sonnenhüte; die Männer grellfarbene Hosen und lose, gemusterte Hemden, die mit Walen und Golfschlägern und dergleichen verziert waren. Alle Kellner um den Pool herum schienen Asiaten zu sein. Sie schlängelten sich schweigend und unauffällig mit ihren Tabletts mit Getränken und Horsd'œuvres durch die Menge.
Stone erspähte sie sofort und schien amüsiert zu sein. »Hm. Hier treffen sich Palm Beach und Vietkong.«
Crockett lachte. »Bleib ruhig. Der Krieg ist doch schließlich vorbei, oder nicht?«
Stone schnaubte verächtlich, ohne daß es ihm bewußt war. »Vielleicht. Vielleicht ist für manche Leute der Krieg nie vorbei.«

Crockett wußte nicht, ob der kleine Mann vom Immobilien-Kapitän sprach . . . von sich selbst . . . oder von Sonny. Sie mischten sich unter die Menge, bis sie zum Pool kamen.
»Wenn dies Maynards Haus ist, wieso steht dann VANCE am Eingangstor?« Gedankenverloren trank Stone Bourbon mit Wasser aus einem Plastikglas.
»Das gehört zu den Feinheiten des Geheimagentengeschäfts!« sagte Crockett, der die Gelegenheit auskostete. »Das ist der Name seiner Frau. Er hat nie darauf bestanden, daß sie ihn ändert. Größere Anonymität. Auf jeden Fall kann ich nicht glauben, daß er dir nichts gesagt hat. Ich dachte, du kommst gut mit ihm aus.«
»Das war drüben. Dort kam ich mit jedem aus.«
Der Immobilien-Kapitän alias Maynard war ein großer und kräftiger Mann mit kurzgeschnittenem silbergrauem Haar – Stoppeln fast – und einem dichten schwarzen Schnäuzer. Seine Augen in seinem glattrasierten Militärschädel waren dunkel und stechend – wie Laserstrahlen in einer Negativaufnahme. Sie hielten fest, was sie sahen, und durchbohrten es. Er trug ein kurzärmliges blaues Madrashemd und vietnamesische Sandalen. Das dichte Haar, das seine Unterarme bedeckte, war grau-braun meliert, die Unterarme selbst waren braungebrannt und muskulös vom Tennis- und vom Squashspiel . . . und weniger unterhaltsamen Tätigkeiten in der Vergangenheit. Seine Hände waren groß, beweglich und von Adern durchzogen. Welchen Maßstab man auch immer anlegte, er war ein eindrucksvoller Mann.
Sein Gesicht verzog sich zu einem breiten, überraschten Grinsen, als er die beiden, die ihre Drinks schlürften und sich nach ihm umschauten, am Pool erblickte. Wie immer hatte der Immobilien-Kapitän sie zuerst gesehen. Sein Lächeln und sein Blick schienen ehrlich erfreut.
»Das hier ist nicht Vietnam!« sagte Stone mit einer Art Be-

dauern, als Maynard sich ihnen näherte, nachdem er sich bei den Umstehenden entschuldigt hatte, und an den übrigen Gästen vorbeiging, um zu ihnen zu kommen. »Das hier ist das wirkliche Leben!«

»Sonny Crockett!«

Crockett fand es schwer, sich ein Lächeln zu verbeißen, so versuchte er es erst gar nicht. Er fühlte sich nur ein klein wenig unbehaglich. Verunsichert vielleicht. »Wie geht es Ihnen, Sir?« Die militärischen Höflichkeitsformeln, die Ehrerbietung gegenüber denjenigen, die einen höheren Rang hatten, stellten sich ganz automatisch wieder ein. In der Armee konnte man nie oft genug »Sir« in einem Satz sagen. Maynard sah erfreut aus und nahm Crocketts Gruß mit Wohlwollen . . . und natürlich einem männlichen, festen Händedruck entgegen.

»Und Ira Stone, nicht wahr? Mein *Gott*. Wie viele Jahre ist es her, seit . . .«

Stone schien immer noch nervös. Crockett schrieb es den Schatten der Vergangenheit zu. Doch plötzlich spürte er, daß Stone gelogen hatte. Wenn er tatsächlich mit Maynard telefoniert hatte, dann wäre ihm diese freundschaftliche kleine Zusammenkunft nicht so schwergefallen.

»Zehn«, sagte Stone. »Mehr als zehn.« Er schaute sich um, so als ob er Angst davor hätte, Maynards geradem, durchdringendem Blick zu begegnen. »Einen hübschen kleinen Märchenwald haben Sie hier!«

Maynard ignorierte seine Worte. Er zeigte eine ganz und gar glatte, undurchdringliche Fassade; nichts konnte ihn aus der Ruhe bringen. Hatten sie wirklich angenommen, sie könnten einen derart selbstbewußten Mann unter Druck setzen? »Soll ich mal wieder als PIQUE dienen?« fragte er und benutzte die übliche Abkürzung für »Primäre Informationsquelle«. »Oder wollen wir drei bloß auf die alten Zeiten trinken?«

Während Maynard sprach, starrte er fast ununterbrochen Stone an. Und Stone begann, unter der Eindringlichkeit dieses Blicks zu schrumpfen und kleiner zu werden. Crockett wußte, daß irgend etwas schieflief, und machte es sich wie üblich zur Aufgabe, herauszufinden, was es war.
»Ach, Sir, gibt es hier irgendwo einen Platz, wo wir miteinander reden können?«
»Natürlich«, sagte Maynard, denn er war darauf gefaßt gewesen. »Wir können in mein Büro gehen. Nehmt euch neue Drinks und was ihr sonst noch wollt, und dann folgt mir.«
Maynards Büro lag am Westende des Pools. Eine Reihe von Fenstern gab den Blick auf die Party und den Pool frei. Auf einen Knopfdruck versperrten Jalousien die Sicht, und Maynard ließ eine geschickt eingebaute indirekte Beleuchtung aufflammen. Das Büro war klein, spartanisch, fast eng, mit glasierten Fliesen auf dem Fußboden und einem Mahagonischreibtisch, der keinerlei Spuren von Arbeit zeigte. Maynard war kein Mensch, der das Überladene liebte. Die Einrichtung war maßvoll martialisch, anders als die übertriebene Aufdringlichkeit des »Kriegszimmers«, wie Crockett es nannte. Dies war Maynards wahrer Zufluchtsort, hier arbeitete und erledigte er seine Aufgaben mit seiner charakteristischen zupackenden Effizienz.
Hinter dem Schreibtisch hing an der Wand ein Bild, das Maynard mit Richard Nixon und Henry Kissinger an der Gangway von Airforce One, dem Präsidentenflugzeug, zeigte. An der Wand gegenüber dem Schreibtisch war fast unauffällig eine Karte von Südostasien, einschließlich Laos, Kambodscha und Thailand befestigt. Und dazu andere Fotos von Maynard, mit, wie Crockett annahm, anderen berühmten Leuten.
Die Unterhaltung mit Maynard war mehr wie eine Lagebesprechung. Auch darin hatte sich nichts geändert.

»Ich habe vom ersten Tage an Geschichten über den Sergeant gehört«, sagte er gerade. »Ein weiteres Stück Kriegsmythologie. Es ist schon komisch, was sich die Männer im Kampf zusammendichten, um sich von ihrer Angst abzulenken. In Vietnam haben wir eine ganze mythologische Subkultur aufgebaut, so nenne ich das gerne, denn genau das war es. Eine Mythologie, die nichts anderes war als das Pantheon der griechischen Götter. Da gab es den Sergeant. Da war der Geisterschütze. Die Blaue Schwadron. ›Zurück in die Welt‹ zu gehen war unser Walhalla, von dem die großen Wikingerkämpfer träumten, sie kämen dorthin, wenn sie sich in der Schlacht als tapfer erwiesen hatten. Zum Teufel, ich war genauso beeindruckt davon wie ihr, Jungs. Ich habe alles nachgeprüft, was den Sergeant anbelangt. Und habe jeden Spitzel, jede Verbindung genutzt, die mir zur Verfügung stand. Und wißt ihr, was ich herausbekommen habe? Null. Der Sergeant hier in den Staaten, das ist noch lächerlicher – das heißt, daß ihr eure Mythologie aus ihrem Heimatland exportiert.«

Stone lieferte Einzelheiten über das laotische Heroin und den toten Soldaten in San Francisco.

»Soll ich euch sagen, was ich davon halte?« fragte Maynard, ohne auf eine Antwort zu warten. »Der Bursche, der sich umgebracht hat, war vermutlich ein vom Vietkong eingeschmuggelter Agent. Betrachtet es mal von der anderen Seite. Sie versorgen diesen Infanteristen mit dem Stoff und mit den Verbindungen, dann legen sie ihn um – und warten ruhig auf den großen Propagandaschlager, der daraus sofort wird. Gerüchte über irgendeinen übermenschlichen Sergeant haben nur noch Öl ins Feuer gegossen. In Wirklichkeit hatte dieser ›Sergeant‹ nicht mehr Substanz als unsere Weigerung, Hanoi zu erobern. Es war absurd. Aber die Öffentlichkeit möchte so gerne an ihre eigenen Erfindungen glauben. Das *lesende* Publikum, nicht wahr, Stone? Der Rang des Soldaten, der in San Francisco starb – oder ermordet wurde, wie wir wohl eher sagen sollten –, war vermutlich der eines Sergeant. Es kann nie schaden, wenn man die Realität so eng wie möglich an die Phantasie anlehnt. Und wer weiß, wie viele Vietkong-Agenten es noch da draußen gibt, die darauf warten zu sterben? Man sollte den Wert von Propaganda nie unterschätzen. Vielleicht war es ja auch tatsächlich eine Überdosis. Irgendein armer Teufel wird süchtig und spritzt zuviel. Es ist ja nicht so, als ob das noch nie zuvor passiert wäre, nicht wahr, Crockett?«

Crockett nickte müde und mußte sich zwingen, nicht »Richtig, Sir!« zu sagen.

»Solche Sachen kommen vor. *Wir* haben ihn ganz bestimmt nicht umgebracht. Meine Quellen in der Regierung sagen das gleiche. Ende der Geschichte. Und genau das ist es, was dich beschäftigt, Stone, ist es nicht so? Wenn der Bursche wirklich eine Überdosis genommen hat, dann kannst du keine große Geschichte herausbringen. Das ist bedauerlich. Ich weiß, wie enttäuscht du sein mußt – nach all diesen Jahren.«

Stone war in seinem Sessel zusammengesunken, ließ seinen Drink unbeachtet. Sein Blick war gleichzeitig unbewegt, stumpf und konzentriert. »Schwein!« sagte er, dann schaute er auf und begegnete direkt Maynards furchtlosem Blick. »Weißt du, was du bist, Mann? Du bist ein Schwein. Eine erstklassige amerikanische Sau . . .«

Dieser Ausbruch gefiel Crockett nicht, aber er hielt sich zurück, bis er herausfinden konnte, was der Anlaß war. Er beobachtete.

Maynard seufzte. Persönliche Beleidigungen konnten so ermüdend und unproduktiv sein. »Das Leben ist schwierig, mein Sohn. Sehr kompliziert.«

»Das Leben ist voller Leiden!« gab Stone zurück und schnitt

ihm das Wort ab. »Weil Burschen wie du dauernd mit Attentätern und doppelzüngigem Gerede und falschen Versprechungen herumspielen. Eure doppelten Spiele und euer Vorurteil gegenüber allem und –«

»Wenn du das meinst, Stone!« Maynard tat ihn mit einer Handbewegung ab.

»Das meine ich!« Jetzt sprühten seine Augen. Er schob seinen Sessel zurück, verschüttete den Bourbon und stürmte hinaus. Da steckte wirklich Überzeugung dahinter; sie alle sahen es. Zumindest für Stone gab es den Sergeant tatsächlich.

Crockett blieb sprachlos mit Maynard allein zurück, in einer vor Spannung knisternden Atmosphäre.

»Du schaust besser mal nach deinem Freund, Sonny!« sagte Maynard ruhig.

Sonny holte Stone auf der vorderen Terrasse ein, packte ihn an der Schulter und drehte ihn mit festem Griff zu sich herum. »Was ist los mit dir, Ira? Was für ein Spiel spielst du da mit mir, zum Teufel?«

»Laß uns die ganze Geschichte vergessen!« erwiderte Stone. Seine Stimme war gebrochen und aufgeregt, so als wäre er gezwungen, irgendein schreckliches Manuskript in seinem Inneren abzulesen, das ihn für immer verdammte, wenn die Worte erst einmal seinen Mund verlassen hatten. Sie kamen wie Giftspritzer. »Hör zu, Mann, ich war eben ein bißchen durchgedreht, verstehst du? Ich hatte einen Ritt auf dem verdammten weißen Roß. Ich habe den Drachen gejagt. Und vielleicht wollte ich dir einfach nicht sagen, daß ich an der Nadel hänge, Crockers, weil es mir peinlich ist, verstehst du? Also sind wir jetzt hier, du und ich, und ich habe diese ganze Geschichte reichlich satt. Es hat überhaupt nichts zu bedeuten.«

Das war auch so eine Redewendung, die sie in Vietnam benutzt hatten. *Es hat nichts zu bedeuten.* Man benutzte sie wie eine Waffe, um sich von Dingen zu distanzieren, über die man sich in der normalen Welt Sorgen gemacht hätte oder derentwegen man einen Nervenzusammenbruch bekommen hätte. Du stehst bis zu den Knien im Schlamm, und der Bursche neben dir bekommt eine Kugel ins Gehirn. *Das hat nichts zu bedeuten.* Deine Frau, daheim in der wirklichen Welt, schläft mit einem langhaarigen Collegetypen. *Das hat nichts zu bedeuten.* Scotty Shepard und Swindler handeln sich Schrapnellsplitter ein, die statt dessen hätten Crockett umbringen können. *Das hat nichts zu bedeuten.* Wenn es anders gewesen wäre, dann wärst du verrückt geworden.

Stone war jetzt in Fahrt geraten und spuckte alles aus. »Ich hatte nie einen wirklichen Grund zu der Annahme, daß der Sergeant lebte, daß er wirklich existierte, außer, daß ich daran glauben *wollte,* Mann. Damit wäre ich groß herausgekommen. Das hätte meine Karriere wieder auf die richtige Bahn gebracht. Aber jetzt sieht es eben so aus, als hätte ich alles erfunden, nicht wahr? Es war alles gelogen. Was für ein Witz. Es hat nichts zu bedeuten.«

Crockett war völlig zu Recht stocksauer. »Scotty Shepard hast du dir nicht ausgedacht!« zischte er. »Die Beutel mit Heroin, die du aus seiner Brust zogst, während ich dabeistand, sind nicht deiner Phantasie entsprungen.«

Stone versuchte, sich von ihm loszumachen, und geriet in Panik. »Vergiß es, Mann! Es ist vorbei!«

»Kommt nicht in Frage. Irgend etwas ganz Übles geht hier vor, Ira, und du bist nicht ehrlich zu mir. Hab ich das verdient? Überleg es dir gut!«

»Laß mich in Ruhe!«

»So kannst du mit mir nicht reden.« Seine Stimme wurde ernsthaft, feierlich. »Ich muß wissen, was es mit der Story auf sich hat, die du mir präsentiert hast. Denn mein Partner *hat* etwas von dem laotischen Heroin gefunden, über das du dich ausgelassen hast. Direkt hier in Miami. Ein Bursche hat in der letzten Nacht zuviel davon genommen, und heute schläft er in einer Schublade im Leichenhaus, und weißt du, was er in den Venen hatte? Morphinbase mit Holzalkohol! Das macht immer noch high, aber es ist so, als ob man sich 'ne Dosis tödlicher Bakterien einverleibt. Also ist es völlig gleichgültig, ob der Sergeant tot ist oder nicht, ob er wirklich existiert oder ein Hirngespinst ist – sein Stoff ist immer noch ganz schön lebendig und bringt Leute um.«

Stone schüttelte den Kopf. »Es war alles eine Lüge, Mann. Ich habe mir das alles ausgedacht!«

»Hör mal zu, Mann, wenn du krank bist, oder wenn du Hilfe brauchst, dann werde ich mich um dich kümmern! Ich werde –«

»Laß mich in Ruhe!«

Stone befreite sich aus seinem Griff und stolperte die Einfahrt hinunter. Wohin wollte er gehen, überlegte Crockett. Nirgendwohin! Das lausige Hotel, dessen Telefonnummer er hatte? Wohl kaum. Wenn der Vietnamkrieg in seiner ganzen Gräßlichkeit plötzlich wieder zum Leben erwacht wäre, dann hätte Stone wohl auf dem ersten Schiff eine Überfahrt gebucht.

Maynard hatte sich ihnen genähert, kam langsam auf die Terrasse und versäumte das Ende von Stones Auftritt um Haaresbreite.

»Verdammt traurig!« hörte Crockett die Stimme des älteren Mannes hinter sich, als Stone davonlief. »Vielleicht hat Stone, der Kriegsberichterstatter, den Krieg mit sich gebracht, Sonny. Hast du jemals darüber nachgedacht?«

7

Es war »The End«, aber der massige, krötenartige Bursche, der an der Bar bediente, hatte eine Vorliebe für *Roadhouse Blues,* und der blubberte in halber Lautstärke vom Bandgerät.

»The End« war kein Song, sondern ein Lokal. Und Dakotah war kein Staat, sondern eine Person.

Nachdem Tubbs erst einmal auf Dakotah Lee aufmerksam geworden war, blieb er es auch. Sie war eine jener großen, aristokratisch aussehenden schwarzen Frauen, die wirklich jede Art von ausgefallener Kleidung tragen können und blendend darin aussehen. Ihr Haar, das in vielen Farben schillerte, war auf der einen Seite rasiert, auf der anderen hochtoupiert. Sie hatte hohe Wangenknochen, ovale, leuchtende Augen, und ihre Zähne waren klein, makellos weiß und sahen gefährlich aus. Wie gemacht zum Männerfressen. Zum Frauenfressen. Zum Allesfressen. Dakotah war in erster Linie und vor allem eine *Konsumentin.* Da gab es undeutliche Erinnerungen an eine Vergangenheit als internationales Top-Modell, an Titelblätter von teuren Magazinen mit französischen Namen. Sie war schmalgliedrig, fast magersüchtig, und so kapriziös wie ein Windhund. Mit ihrem dünnen, tiefschwarzen Arm hob sie eine ebenholzfarbene graziöse Hand, die einen goldenen Zigarettenhalter umfaßte. Sofort erschien wie aus dem Nichts eine Flamme, um ihre importierte Zigarette anzuzünden. Das Gasfeuerzeug wurde von einem Mann hochgehalten, den Tubbs nicht bemerkt hatte, als er mit Switek – der jetzt Straßenkleidung trug – »The End« betrat.

Der Mann sah wie ein typischer, nicht besonders interessanter Barbesucher aus. Einer jener Waschlappen, die sich gerne beherrschen ließen und denen auch Erniedrigungen gleichgültig waren, wenn sie dafür ihre Drinks umsonst bekamen oder sich wenigstens mit dieser fabelhaften, leicht einschüchternd wirkenden Frau in der Öffentlichkeit zeigen konnten.

Dakotah übersah die Flamme, die wenige Zentimeter von ihrem kühnen Gesicht entfernt bebend verharrte. Prüfend betrachtete sie Tubbs, doch sie ließ keine Reaktion erkennen. Aber sie erlaubte ihm, dazwischenzutreten und ihre exotische Zigarette mit seinem eigenen Feuerzeug zu entzünden, was sie dankend annahm. In Tubbs' Kopf dreht sich alles, und er dachte an Motten, die sich versengen, wenn sie zu nahe an die Flamme fliegen.

Sie wickelte sich eine lange Strähne ihrer schwarzen Haare um ihre Finger mit den gewölbten goldenen Nägeln. *Man wußte sofort: sie war gefährlich.*

Tubbs steckte sein goldenes Feuerzeug weg, ein hochtechnisiertes Spielzeug; die Art, bei der die Flamme erscheint, wenn man mit der Fingerspitze einen winzigen Sensor berührt. »Ziggy schickt uns zu Ihnen!« sagte er und ignorierte den Waschlappen völlig.

Dakotah benahm sich ebenfalls so, als ob der schmierige, kriecherische Mann, der neben ihr saß, nicht existierte. »Und?«

Ein einsamer Banker mittleren Alters machte von der Bar aus Switek schöne Augen. Das war mehr, als er ertragen konnte. »Ich trage noch nicht mal meine Handschellen!« nörgelte er und stieß dabei Tubbs seinen Finger in den Bizeps. »Diese Art von Mist erwartet man in Ziggys Bruchbude, aber doch nicht hier!«

»Und was für eine Art *Mist* erwarten Sie hier, Mister –?« Dakotahs Blick war verführerisch und unerschrocken. Ihre Augen wurden allmählich hungrig.

»Unser Freund Ziggy hat uns von Ihnen erzählt. Und von

gemeinsamen Interessen.« Tubbs blieb völlig kalt und gelassen; er vergaß, daß er zugesehen hatte, wie Ziggy an einer Überdosis starb.

Sie schürzte ihre fotogenen Lippen und nickte verständnisvoll. In einiger Entfernung, in der Nähe der Bar, schlossen ein paar Herren in gepflegten Straßenanzügen engere Bekanntschaft. »Waltz!« sagte sie zu dem mißachteten Geschöpf, das jetzt mit seinem unbenutzten Feuerzeug spielte und verletzt und beleidigt aussah. »Geh und unterhalte dich mit den gutbetuchten Herrschaften dort. Ich habe mit diesem Herrn und seinem weißen Partner Geschäftliches zu bereden.«

»Aber *Dakotah* . . .« winselte der schmalzige Bursche.

»Geh, Waltz. Sprich nicht so vertraulich mit mir. Ich bin weder deine Nutte noch deine Geliebte.« Sie zog genießerisch an ihrer Zigarette, und Tubbs roch eine Mischung aus Marihuana, Haschisch und türkischem Tabak. »Jetzt geh. Du wirst lästig!«

Waltz machte sich davon.

Dakotah erhob sich zu imposanter Größe, die in hochhackigen Lederstiefeln mehr als einsachtzig betrug. »Ihr Begleiter kann sich an der Bar bestellen, was er haben möchte!«

»Cherry Kool-Aid?« fragte Switek hoffnungsvoll grinsend.

Tubbs folgte, wohin er geführt wurde. Junge, Junge, dachte er, bei dieser Frau konnte er ganz schön in Schwierigkeiten kommen. Schon ihr Geruch reichte aus, um das Hirn abzuschalten.

Sie wirbelte herum – fast dramatisch, wobei die Schleier und Schals ihres Kostüms durch die Luft schwebten – und hielt ihn sanft auf, indem sie seine Schultern gegen die Wand drückte und ihn anschaute. Ihre Ausstrahlung wirkte mit voller Kraft auf ihn. Sie hatte ihn nicht in ein Büro geführt – die Bar *war* ihr Büro. Hier im Korridor konnten sie fern von spähenden Augen miteinander reden.

Tubbs' Herz schlug plötzlich wie wild, wobei seine Aufregung eigentlich gar nicht zu erklären war. Er wollte zweierlei – von diesem Seelenvampir wegkommen und sich dieser Frau für immer in die Hand geben.

»Ich höre!« sagte sie. »Sie interessieren mich. Sie sehen aus, als hätten Sie eine pikante Würze. Jetzt wollen wir mal sehen, ob mir auch Ihre Geschichte schmeckt.«

Tubbs ging die ganze Sache so vorsichtig wie möglich an. »Ich will meine freundschaftlichen Beziehungen zu einem alten Bekannten aus Laos erneuern. Ist nicht von meiner Sorte. Sehr weiß. Aber mit den richtigen Verbindungen.«

Sie leckte sich die Lippen. Tubbs bildete sich ein, daß er in dem schwachen, fast ultravioletten Licht das Blut unter der köstlichen Oberfläche pulsieren sehen konnte. Er stellte sich vor, wie ihr Biß wohl wäre.

»Und warum der ganze Aufwand?«

»Weil ich erfahren habe, daß er jeden Augenblick älter wird und ihm das Altern nicht bekommt. Ich möchte ihn gerne wiedersehen, weil ich mir jetzt seine Gesellschaft leisten kann . . . von dem Finderlohn, den Sie bekommen, gar nicht zu reden.«

Sie blies ihm eine Rauchwolke ins Gesicht, so als ob sie irgendeinen Weg suche, in seinen Stoffwechsel zu kommen; *irgendeinen* Weg, ihm unter die Haut zu gehen. Ihre Hand mit den langen Nägeln schob sich in die Höhlung zwischen ihren Brüsten. Tubbs fühlte, wie seine Selbstbeherrschung allmählich nachließ. Es gab keine Knöpfe oder irgendeinen Verschluß, durch den das Kleidungsstück geschlossen blieb, nichts als die Schwerkraft. Er hätte ihr seine Seele verkaufen wollen.

Die schmale schwarze Hand tauchte wieder auf und hielt eine winzige Phiole mit Kokain, die an einer Halskette befestigt war. Tubbs lehnte das Angebot ab, und Dakotah nahm selbst eine Nase voll, wozu sie einen ihrer reich verzierten Fingernägel benutzte. »Ich kann die Verbindung für Sie herstellen!« sagte sie schließlich. »Aber Sie werden warten müssen.«

»Wollen Sie damit sagen, daß ich Konkurrenten habe?« Tubbs kurbelte seinen verläßlichen, unwiderstehlichen, patentreifen Rico-Tubbs-Charme an, um den Panzer ihres geschäftsmäßigen Benehmens zu durchdringen.

Sie berührte sein Gesicht. Er fühlte, wie die goldenen, rasiermesserscharfen Fingernägel sein Kinn liebkosten. »Konkurrenten? Ja, aber nur, was den Laoten angeht. Ihr Konkurrent kann sich nicht mit Ihnen messen. Ein kleiner Mann, der vieles weiß. Aber kein bißchen verführerisch. Und dazu hat er auch noch die falsche Farbe. Ich habe so meine Zweifel, ob ich mich auf ihn einlassen soll. Bei Ihnen dagegen . . .« Sie zuckte mit den Schultern.

»Bietet er Ihnen mehr Geld?«

»Er ist Journalist. Soweit ich weiß, bezieht er sein Geld von irgendeinem Magazin. Heutzutage weiß man nie, wo das Geld herkommt!« Sie leierte diese Rede herunter, als ob sie sich dabei langweilte.

»Mein Geld kommt aus meiner eigenen Tasche!« sagte Tubbs bestimmt.

Sie schaute ihn mit ihren schwarzen Killeraugen an, als ob sie darüber nachdenke, was Tubbs in der Tasche hatte, und sagte dann: »Ich will mit meinem Lieferanten reden. Haben Sie eine Telefonnummer?«

Tubbs zog eine Karte hervor. »Für Sie auf jeden Fall. Und was ist nun mit dem Journalisten?«

»Der ist mein Problem.«

Als Tubbs Switek abholte und mit ihm das Lokal verließ, hatte er sehr unfreundliche Gedanken über Ira Stone.

Crockett stellte den Ferrari vor dem »Budget-Rest«-Motel ab. Diese Absteige hatte Neonleuchten, war mit Fliegendreck übersät und befand sich nur ein paar Schritte vom »Pack 'Em Inn« entfernt. In der Nähe des Eingangs lag ein bewußtloser Stadtstreicher in einer Lache mit seinem eigenen Erbrochenen.
»Ob das hier wohl der Portier ist?« sagte Sonny mit gekünstelter Munterkeit. Ihm hatte nicht gefallen, was Tubbs über seinen alten Kriegskameraden Stone zu sagen wußte.
Stone hatte in bezug auf den Anruf bei Maynard gelogen. Sonny und Stone waren von dem geheimnisvollen Mörserschützen angegriffen worden, nachdem Stone Dakotah Lee angerufen und versucht hatte, vergiftetes laotisches Heroin zu kaufen . . . aber Stone hatte praktischerweise vergessen, Sonny gegenüber diese Verbindung zu erwähnen. Stone wirkte allmählich wie ein Betrüger – besonders, seitdem er die gesamte Geschichte überhaupt nicht mehr wahrhaben wollte.
Dakotah Lees Duft haftete immer noch an Tubbs' Handrücken. »Ehrlich!« sagte er zu Sonny, »ich will ja nichts Böses über deinen Freund sagen. Aber er ist irgendwie in die Sache verwickelt und sagt dir nicht alles!«
»Deshalb sind wir ja hier, Rico!« meinte Crockett verbittert.
Mr. und Mrs. Stone hatten Zimmer 221 auf dem zweiten Stock. Mr. Stone war nicht da. Mrs. Stone erwies sich als hübsche, aber sehr ausgebrannte Ex-Debütantin, die in einem Kokain- und Wodkarausch ihre Koffer packte. Ihr Benehmen war krude und unangenehm, wie faulendes Obst.
»Zum Teufel, wer seid denn ihr beiden?« wollte sie durch den Türspalt oberhalb der Sicherheitskette wissen. »Ihr hättet zuerst von unten aus anrufen können.«
»Mein Partner und ich, wir sind –«
»Habt ihr unten ein Taxi gesehen?« unterbrach sie ihn. »Da unten sollte ein Taxi auf mich warten!«

Ohne jedes weitere Wort knallte sie die Tür zu, nahm die Kette ab und riß die Tür weit auf.

Der ganze Raum war ein einziges Chaos aus herausgezogenen Schubladen und Kleidungsstücken, die sich auf dem ungemachten Bett häuften. Der Geruch von schmutziger Wäsche, abgestandenem Parfum, Zigarettenrauch und Wodka herrschte vor. Ein leerer Kokainbehälter lag wie ein toter Spielzeugsoldat auf der Garderobe. Koffer standen geöffnet und erwartungsvoll herum – der eine auf einen Stuhl geklemmt, wie ein Fisch, der sein Maul für einen Leckerbissen aufreißt, der andere auf dem Bett wie ein halboffener Sarg.

»Wir sind Freunde von Stone«, sagte Sonny fast bedauernd.

»Oh, prächtig!« sagte sie mit ätzender Schärfe in der Stimme. »Ich bin bald seine Ex-Frau!« Sie gestikulierte mit dem Glas in der Hand und verschüttete dabei Wodka. »Verdammt!«

Mrs. Stone war nur halb angezogen, sie trug ein Hemdhöschen und Jeans, an deren Schlitz nur der oberste Knopf geschlossen war. Offensichtlich war sie in Eile gewesen, als sie sich anzog. »Und was treibt ihr denn so, Jungs?« Sie schaute jeden der beiden prüfend genau zwei Sekunden lang an. »Ich meine, wenn ihr nicht gerade viel zu teure Klamotten kauft und von Freundschaft faselt!«

Tubbs dachte nicht daran, sich auf dieses dumme Gerede einzulassen. »Import – Export!« erwiderte er.

Der Ton ihrer Stimme wurde unangenehm und gereizt: »Ach, im Ernst? Und was? Klebstoffe? Ihr Burschen seht aus wie bedeutende Lieferanten auf dem Schnüfflermarkt!«

Crockett war direkter, ehrlicher mit ihr. Das verdarb seinen Stil. »Nein!« sagte er ruhig. »Ich bin ein Freund von Stone. Ich habe Stone in Vietnam gekannt. Ich will ihm helfen.«

»Wenn du helfen willst, dann besorg mir ein verdammtes Taxi.« Sie zeigte mit dem Finger auf das Telefon. Sie warf

weitere Sachen in den Koffer. Diese Frau platzte fast, so sehr stand sie innerlich unter Spannung.
»Hören Sie –« versuchte Crockett es mit vernünftigem Zureden . . . aber es funktionierte nicht.
In diesem Augenblick explodierte Mrs. Stone.
»*Nein!* Ihr hört jetzt zu – Stone ist ein Lügner und ein Junkie und ein gottverdammter Narr, und in all den Jahren, in denen wir zusammen sind, hat es dieser kleine Mistkerl noch nicht einmal geschafft, seine Taxis selbst zu bezahlen. Im letzten Monat ist er aus der Entziehungsanstalt gekommen. Es war das *siebte* Mal! Und was glaubt ihr, wer das schon wieder bezahlt hat? Und dann kommt er hierher – um mit seinen *alten Kumpeln* Verbindung aufzunehmen. Himmel, ist das nicht zum Totlachen? Er ruft mich an, daß ich aus New York hierherkommen soll. Und ich bezahle. ›Diese Reise wird alles wiedergutmachen, Baby!‹ Ha! ›Das werden unsere zweiten Flitterwochen sein!‹ hat er gesagt.«
Wütend sammelte sie Schmink- und Waschzeug ein und warf es in den Koffer. »Ich komme hierher in dieses Dreckloch, und alles, was er von mir will, ist Geld, damit er die Arbeit an seiner gottverdammten *großen geheimnisvollen Geschichte* zu Ende bringen kann. O ja – all sein *Leiden* im Krieg sollte ihm schließlich doch noch etwas *einbringen*.« Verachtung verwandelte sich in Haß. »Ja, o ja. Der arme Stone und all seine menschlichen Wunden!«
Crockett und Tubbs wechselten unbehagliche Blicke. Keiner von ihnen wollte sich einmischen. Mrs. Stone tobte herum und ereiferte sich und war, so schien es, dankbar, daß sie bei ihrer Schimpfkanonade ein Publikum hatte.
»Ich kann es wirklich nicht fassen, daß ich die vergangene Nacht in diesem Rattenloch verbracht habe!« *Bums! Krach!* »Und dann ruft da dauernd so eine Negerin an – das soll wohl seine *Verbindung* sein, dieser ausgeflippte kleine Mist-

kerl. Es ist wirklich unglaublich! Übrigens hab ich auch für die *ersten* Flitterwochen bezahlt!«

Crockett hob die Hände, um anzudeuten, daß er sich ergebe. »Wissen Sie, wo er jetzt ist?«

»Wen kümmert's? Ich habe für alles gezahlt. Es ist erbärmlich. *Er* ist erbärmlich!«

»Es tut mir leid!« Falls er es ehrlich meinte, so war dies Mitgefühl an Stones Frau verschwendet.

»Es tut dir leid? Spiel dich hier nicht auf, du Angeber, ich brauch dein verdammtes Mitleid nicht!«

Crocketts Augen wurden hart. »Ich spiele mich hier nicht auf, Lady.« Der Ton seiner Stimme ließ sie erstarren, sie drehte sich zu ihm um. »Stone hat Probleme. Und wenn Sie sich je auch nur ein bißchen für ihn interessiert haben oder ihn sogar einmal geliebt haben, dann sollten Sie jetzt offen zu mir sein.«

Sie lachte ihm ins Gesicht. Der Klang war häßlich, wie zerbrechendes Glas. »Und wann war *Stone* je offen zu mir? Der ändert sich nie, der wird immer arm bleiben und immer ein *Versager*!«

Crockett machte eine Bewegung mit dem Kopf, um Tubbs zu signalisieren, daß es an der Zeit war, sich von dieser Verrückten zu verabschieden. Tubbs war von ihrem Benehmen betroffen und brachte es nicht über sich, sie ohne ein weiteres Wort zu verlassen. Stone und diese Frau hatten sich einmal geliebt, waren eine Verbindung eingegangen. Jetzt war das alles zu Bruch gegangen. Tubbs haßte es, etwas sterben zu sehen.

»Du lieber Himmel, Lady!« sagte er mit seiner weichen, sanft klingenden Stimme. »Sind Sie immer so hart?«

Sofort attackierte sie ihn wütend und reagierte auf sein angewidertes Gesicht ausgesprochen bösartig. »Ach – so ein *Mist*!«

Als sie über die Korridore des »Budget-Rest« den Rückzug antraten, rief sie ihnen noch nach: »Und soll ich euch noch etwas sagen? *Ich hoffe, er stirbt!*«

Mrs. Stones Gesicht erschien noch einmal kurz am Fenster im zweiten Stock, als Crockett und Tubbs aus dem Hotel traten. Dann war es verschwunden.
Tubbs atmete schwer. »Du kennst wirklich die tollsten Leute, Sonny!«
Crockett war genauso angewidert. »Hast du je Moreau gelesen? Ich meine, was er über die Menschen sagt, die man heiratet?«
»Und was ist das?«
»Was Literatur und was Liebe angeht, verblüfft uns die Wahl, die unsere Freunde treffen.«
Das brachte ein bißchen gute Laune zurück.
»Ich gehe jede Wette ein, daß die Schwarze Dakotah ist!« überlegte Tubbs.
»Sie ist eine Dealerin, er ein Junkie«, grübelte Crockett. »Ein Bund, der in der Hölle geschlossen wurde.«
Sie machten sich auf den Weg ins »The End«.

8

Dakotah Lee war damit beschäftigt, einem Yuppie eine Spritze zu setzen. Wenn die Geschäftszeit im »The End« vorüber war, wurde es hier erst richtig interessant. Im Augenblick machte sie den Yupster mit ihren Tricks fast wahnsinnig. Für diese Art Arbeit wurde sie gut bezahlt, und der Bursche mit dem verschwommenen Blick, im Sporthemd mit Alligatormarkenzeichen und in Bass Weejuns, verlor fast den Verstand in seiner drogenbenebelten Seligkeit.

Sie schnipste mit den Fingern und schickte Waltz los, um auf das Klopfen an der Tür zu antworten. Sie war außerordentlich verwirrt, als die Tür eingetreten wurde, Waltz mitten ins Gesicht traf und ihn ins Land der Träume schickte. Mit einem gräßlichen Knall fiel er auf den Fußboden. Der Yuppie kreischte mit mädchenhaft heller Stimme.

Dakotah erkannte Tubbs und fuhr zusammen, aber sie bewegte sich nicht. Sie kannte die Routine. »Ihr Burschen seid also Polizisten, nicht wahr?«

Und dann waren Crockett und Tubbs schon bei ihr.

»Es ist noch viel schlimmer!« sagte Tubbs mit sanfter Stimme. Er holte mit dem Fuß aus und trat gegen den Tisch mit den Gerätschaften für den Schuß, die ringsherum verstreut wurden, wobei Spritzen und Röhrchen zu Bruch gingen, Gläser zersprangen und Champagner herumspritzte. Der Tisch fiel auseinander wie Sperrholz, und die Stücke lagen im Zimmer umher. Diese Demonstration von Gewalt ließ Dakotah kaum merklich hochschrecken, und genau das war es, was Tubbs erreichen wollte.

»Ich will auf der Stelle wissen, wo Stone ist!« In Crocketts Stimme lag wilde Wut, die erkennen ließ, daß er es satt hatte, sich von irgendwelchen Idioten an der Nase herumführen zu lassen.

»Polizisten!« sagte sie ungerührt. »Ich habe es geahnt!«

»Ich habe dich etwas gefragt!« Crockett ballte die Fäuste, jederzeit bereit, etwas zu zerschlagen.

»Ich *denke*!« antwortete sie höhnisch.

Tubbs ging um seinen Partner herum, packte Dakotah am Hals und drückte sie neben dem Yuppie gegen die Wand.

»Denk *schneller*!« sagte er.

Der Yuppie begann, völlig ausgeflippt vor sich hin zu brabbeln. »He, Leute, es ist nicht so, wie ihr denkt! Ich will sagen, ich bin bloß auf einen Drink hereingekommen, und sie hat mich gezwungen –!«

Außer sich vor Wut riß Crockett seine Bren-Ten-Automatik aus dem Schulterholster unter seiner Jacke, hielt sie dem Yuppie ans linke Ohr und ließ den Hahn hart zurückschnappen, so daß es im Kopf des Yuppies laut widerhallen mußte. Der Yuppie jaulte auf und verstummte.

»Herzchen, in drei Sekunden werde ich diesem Schicki-Micki das Gehirn auspusten!«

Tubbs griff nach Dakotahs langen Haaren und zog sie neben den Yuppie. »Versuch am besten, die Kugel mit den Zähnen aufzuhalten, wenn sie aus seinem Kopf kommt!« knurrte er. »Natürlich nur, wenn das rote Zeug, das dann herumspritzt, dich nicht stört. Du kennst den Song von Peter Gabriel ›*Roter Regen*‹? Jetzt wirst du ein Videoclip live erleben.«

Am meisten genoß Tubbs die Angst in ihren Augen. Die Heftigkeit, mit der er sie noch vor wenigen Stunden begehrt hatte, war ihm peinlich gewesen, und irgendeine sadistische Veranlagung tief in seinem Inneren machte es notwendig, diese unverhohlene Machoszene aufzuführen. Zu viele üble Dinge hatte er miterlebt, seit er von New York nach Miami gekommen war, und zu viele Tote hatte er gesehen. Verdammt noch mal, viel zu viele. Langsam kam er in eine Lebensphase, in der er sein Tempo drosseln mußte. Das schnelle Leben würde ihn aufzehren, so daß nur ein Aschenhaufen zurückblieb. Seine Kondition würde langsam nachlassen. Er konnte an Sonny sehen, daß es bei ihm schon soweit war – der einstige Footballer brauchte zum Beispiel von Mal zu Mal länger, um sich von einem Kater zu erholen. Oder die länger werdende Reaktionszeit auf dem Schießstand. Wenn sie dieses Tempo unvermindert beibehielten, dann würden sie beide eines Tages so ausgelaugt sein wie ein alter Waschlappen.

Dakotahs Augen starrten gebannt auf den riesigen Lauf der Bren Ten, und ihr Mund begann ganz unabhängig von ihrem Verstand, aber nicht ganz unabhängig von ihrem Überlebensinstinkt vor sich hin zu plappern.

»In einem Lagerhaus! In Hallendale! Rosario Drive Nr. 1445! Ich glaube nicht, daß Stone wirklich auf den Stoff aus ist –!«

»Spar dir dein Gejammere!« brummte Crockett. »Stone ist ein Junkie, und es gibt nur eines, worauf ein Junkie wirklich aus ist.« Er wandte seine Aufmerksamkeit wieder Tubbs zu. »Wir wollen unsere Freunde hier sicher verwahren und dann mit Stone reden.«

»Ich bin sehr dafür!« Sogleich zogen die beiden Männer ihre Handschellen hervor. Sonny fesselte den Mann mit dem Fußgelenk an die Steigleitung, und Tubbs legte mit ganz offensichtlichem bösartigen Vergnügen Handschellen um Dakotahs schmale Handgelenke und fesselte sie an das Fußgelenk des Yuppies, so daß ihr Gesicht auf Höhe seines Hinterns war.

»Jetzt«, sagte Tubbs, »werdet ihr hier warten, bis unsere uniformierten Freunde auftauchen. *Ciao.*«

»Dieser Schicki-Micki hat wirklich Glück!« Crockett konnte beim Hinausgehen seinen Spott nicht unterdrücken. Beide, Crockett und Tubbs, amüsierten sich auf Kosten des Mannes und ließen auf diese Weise ein wenig Dampf ab.

Waltz, der bewußtlos auf dem Boden des »The End« lag, sah sich von Polizisten umgeben, als er zu sich kam, und fiel prompt wieder in Ohnmacht.

»Das hier ist ein Diskontlagerhaus der Regierung«, sagte Crockett mit einer brennenden Lucky Strike im Mund.

»Warum muß es immer ein altes, verlassenes Lagerhaus sein?« lamentierte Tubbs, der auf dem Beifahrersitz des Spyder saß. »Ich meine, so war es auch immer in der Fernsehserie ›Die Unbestechlichen‹, nicht wahr? Das ist der übliche Schauplatz, ein altes, verlassenes Lagerhaus. Du und ich, wir werden zu Opfern eines Klischees . . .«

Dem Anschein nach tat sich hier nichts. Autos waren nicht aufgetaucht. Crockett schien das verlassene, dunkle Gebäude prüfend in der Hoffnung auf irgendwelche Spuren zu betrachten. Aus seinen Gedanken heraus sagte er plötzlich scheinbar zusammenhanglos zu Tubbs: »Ein Diskontlager. Ich werd verrückt!« Er schnipste das ausgedrückte Ende seiner Zigarette aus dem Fenster.

»Du wirst verrückt!« sagte Tubbs. »Und was weiter?«

»Ein *Diskont*lagerhaus. Das Ding ist voll mit Zigaretten und Schnaps und Strumpfhosen und Knabberzeug. Alles Diskontwaren.«

»Ja – ? Und was weiter?«

»Zeug, das für den Versand in Armeeläden bestimmt ist, für die Militärangehörigen in Übersee. Diskont wie Diskontpreise. Diskont wie Diskontläden. Diskontwaren für Armeebedarf. Das Zeug, von dem wir in Vietnam nicht genug bekommen konnten. ›Playboy-Magazine‹, Coca-Cola und solche Sachen.«

»Ich verstehe nicht.«

»Die Art von Ware, die der angeblich ›mythische‹ Sergeant als Handelsware benutzte. Und hier ist ein ganzes Lagerhaus voll davon. Und Dakotah sagt, daß Stone den Verbindungsmann für das laotische Heroin hier treffen will.«

Tubbs rieb sich die Schläfen. »Das ist ja ein ganzer Sack voller schlechter Nachrichten!«

»Ja, ein echter Grund für Migräne. Duck dich – ich sehe einen Wagen!«

Sie krümmten sich zusammen, während Autoscheinwerfer über die Ladezone des Lagerhauses glitten. Die rückwärtige Seite des weitläufigen Gebäudes ging zur Bucht hin, und über der ganzen Gegend lag der typische Hafengeruch aus Abfall, Verwesung, Salzwasser und Möwendreck. Eine Gestalt, die sie nur in Umrissen sahen, stieg aus dem Wagen aus, den Crockett seiner Form nach als Mercedes-Coupé identifizierte.

Ein städtischer Müllwagen von der Größe eines Schlachtschiffes rumpelte vorbei und versperrte Crockett für einen Augenblick die Sicht. Er und Tubbs blieben geduckt, bis die roten Blinklichter des Abfallbeseitigungswagens verschwanden. Gefährlich aussehende Spitzen eines Gabelstaplers ragten wie Fangzähne aus dem Vorderteil des Wagens.

»Die machen ihre Morgenrunde!« kommentierte Tubbs beiläufig.

»Hör mal, bring den Wagen zur anderen Seite und beobachte den Eingang. Ich werde mich reinschleichen.«

»Ohne Unterstützung?« Tubbs warf ihm einen unsicheren Blick zu.

»Rico, ich schlüpfe da so leise rein wie ein Mäuschen.« Dann wiederholte Crockett wohl zum tausendstenmal den abgestandenen Joke: »Keine Bange, werde ihm schon nicht gleich einen Heiratsantrag machen.«

»Klar, aber heiraten wirst du ihn«, konterte Tubbs mit derselben Miene. »Also geh schon.«

Crockett verschwand mit großen Schritten in der Dunkelheit. Als er weg war, startete Tubbs den Ferrari und begab sich auf seinen Beobachtungsposten. Zu seiner Überraschung fand er auf der rückwärtigen Seite des Lagerhauses ein weiteres Auto, das zwischen dem Gebäude und der Hofmauer stand. Er war unschlüssig, ob er aussteigen und den Wagen überprüfen oder lieber die großen Ladetore vorn im Auge behalten sollte.

Ziemlich waghalsig betrat Crockett das feuchte und übelriechende Gebäude durch dieselbe Tür, die einen Augenblick zuvor der Fahrer des Mercedes benutzt hatte. Der Wagen war typisch für den Geschmack der Drogenhändler-High-Society, er war häßlich und teuer. Er hatte keine Bedenken, durch die Tür einzutreten, denn schließlich war dies ein wirkliches Lagerhaus, und hier unten in der Halle würde sicher kein Treffen stattfinden. Was immer stattfand, würde in einem Büro vor sich gehen. Das lag in Gebäuden wie diesem normalerweise ein oder zwei Stockwerke über dem offenen Lagerraum.

Leise zog er die Tür hinter sich zu und drückte sich an die Wand. Er hörte schwache Stimmen, oder vielmehr deren Widerhall, denn woher sie kamen, war bei all dem Stein und Metall, das es hier gab, nicht auszumachen. Eine lange, im Zickzack nach oben führende Treppe wand sich zu einem verglasten Büro, von dem aus man die ganze Ladezone überblicken konnte. Zwischen Crockett und der Treppe stand wie ein Drachen, der ein Schloß bewacht, ein riesiger Kran mit einem eisernen Haken.

Auf der anderen Seite des Lagerhauses gab es eine entsprechende, parallel laufende Treppe. Hier war es noch dunkler. Crockett wechselte dort hinüber, wobei er in den Schuhen mit den weißen geflochtenen Sohlen unhörbar blieb.

Als er sich die Treppe hinaufschob und dabei die Bren mit vollem Magazin bereithielt, fing er Fetzen des Gespräches auf, das aus dem Büro drang.

». . . ist akademisch. Hier gibt es ganz neue Prioritäten.«

». . . das ist dummes Gerede, und Sie wissen das ganz genau.«

Das war Stones Stimme.

»Aber wenn du über die Drogen Bescheid weißt, warum fädelst du dann einen Deal ein?« Die zweite Stimme war klarer und drang tief in Crocketts Bewußtsein. Er wollte sie nicht

erkennen, denn es war die Stimme, die er zu hören befürchtet hatte.
Maynard. Der »Immobilien-Kapitän«. Alias »der Sergeant«.
»Mann, ich habe es Ihnen doch schon gesagt. Der Stoff ist mir völlig egal«, sagte Stone, wobei seine Stimme genau den Klang des wütenden Protests hatte, den Crockett von ihm kannte. »Ich bin *froh*, daß Sie das Zeug nicht mitgebracht haben. Ich will es nicht mal in meiner Nähe haben!«
»Was willst du denn, Stone?« Maynard sagte das so, als ob er die Antwort schon kannte und keine Lust mehr hatte, auf sie zu warten. Es war der Tonfall, in dem er fast immer sprach. Er war ein Mann, für den es keine Überraschungen mehr im Leben gab . . . und das enttäuschte ihn. Er war der Typ, der sich auf einen Konflikt oder eine Herausforderung stürzte, wenn sie ihm etwas Neues zu bieten hatte.
»Ich habe zehn Jahre lang auf der Lauer gelegen, und jetzt habe ich Sie endlich – und Sie können es nicht ertragen.« In Stones Stimme schwang so etwas wie Schadenfreude mit. »Das einzige, was mich daran hindern könnte, Ihr ganzes mieses Unternehmen in meiner Geschichte auffliegen zu lassen, wäre Geld, echtes amerikanisches Geld. Fünfhunderttausend. Und erzählen Sie mir nicht, daß Sie es sich nicht leisten können. Schaffen Sie es bis morgen abend herbei, dann werde ich telefonisch weitere Anweisungen geben.«
In Maynards Stimme lag ein Unterton von Ungläubigkeit. »Das hört sich fast so an, als ob du dir einbildest, du könntest mich erpressen, mein Junge!«
»Ich hab Sie in die Ecke gedrängt. Und das ist ein prima Gefühl. Und jetzt sollten wir gehen. Sie haben noch eine Menge zu erledigen.«
»Glaubst du wirklich, daß mir dein Leben so viel wert ist?« fragte Maynard, ohne daß seine Stimme dabei bedrohlich klang.

»Das hier ist Amerika, nicht Vietnam!« entgegnete Stone ein wenig selbstgerecht. »Daran sollten Sie denken. Und außerdem sollten Sie daran denken, daß ich Sicherungen eingebaut habe. Wenn Sie mich umbringen, bringen Sie sich damit selbst um. Die Geschichte ist längst in sicheren Händen.«

Stone faßte Maynards Schweigen als Einverständnis mit seinen Bedingungen auf. Dann verließen beide Männer das Büro durch eine Hintertür – eine Tür, die Crockett von seinem Blickwinkel aus nicht sehen konnte. Es gab also noch einen dritten Weg hinaus auf die Straße – und er war abgehängt.

Er eilte zur Tür des Büros. Jetzt waren die Fenster dunkel. Obgleich ihm klar war, daß der Lärm ihn verraten würde, trat er die Tür ein. Der Glaseinsatz zerbrach. Sekunden später hatte er das Büro durchquert und war auf der Hintertreppe. Sie war leer, und er hörte, wie draußen Motoren ansprangen.

»Komm schon, Rico!« brüllte er in erster Linie sich selbst an: »Jag diesen Mistkerlen hinterher!«

Er nahm drei Stufen auf einmal und schlug sich fast den Schädel an einem Balken ein, der um das erste Stockwerk herumlief. Beide Wagen – der Mietwagen auf der Wasserseite und der Mercedes von Maynard – fuhren gerade an, als er unten ankam.

»Welcher ist es?« schrie Tubbs, der am Steuer des Spyder saß, ihm entgegen. Er gab Gas und zog den Wagen nach vorne. Crockett sprang auf den Beifahrersitz, wobei er auf sein empfindliches Knie achten mußte.

»Der Mercedes!« sagte er, während der Wagen nach vorne schoß. »Wir wollen doch den Lieferanten mitsamt der Ware haben!«

Stone in seinem leichten Mietwagen erspähte den schnellen Ferrari sofort und bog in die entgegengesetzte Richtung. Der

Mercedes beschleunigte und brauste um die Ecke, von der aus Crockett und Tubbs zuvor das Lagerhaus beobachtet hatten.
»Stone, du kleines Frettchen!« sagte Crockett und machte seinem Ärger Luft: »Jetzt haben wir dich festgenagelt. Für dich gibt es kein Schlupfloch mehr. Selbst deine Frau fällt dir in den Rücken.« Zweifellos war Mrs. Stone die Person, der Stone sein zweites Exemplar seiner großen Geschichte über den Sergeant anvertraut hatte. Das war ein Fehler gewesen. »Drück drauf, Rico!«
Tubbs wußte, wie man mit dem Wagen umzugehen hatte. Die Reifen des Ferrari quietschten, als sie um die Ecke sausten und fest darauf vertrauten, daß der Mercedes sich in puncto Geschwindigkeit nicht mit dem Ferrari messen konnte.
Sie hatten nicht damit gerechnet, daß auch Maynard seinerseits ein paar Sicherungen eingebaut hatte.
Tubbs konnte gerade noch sehen, wie die Lichter des Mercedes hinter dem städtischen Müllwagen verschwanden, der ihnen jetzt entgegenkam. Er war um die Ecke herum postiert gewesen, hatte dort gewartet und fuhr jetzt, als der Ferrari auftauchte, mit voller Kraft los.
Sie hatten keine Chance, einen Zusammenstoß zu vermeiden.
Mit einem gräßlichen Krachen von zerberstendem Sicherheitsglas und sich zusammenschiebendem Metall schoben sich die Gabelstaplerzacken des Müllwagens tief in den Kühler des Ferrari und zogen ihn hoch. Die Hydraulik setzte sich zischend in Bewegung und hob das Vorderteil des Sportwagens vom Boden. Crockett versuchte, zu zielen und zu feuern, aber durch das Spinnennetz der geborstenen Windschutzscheibe konnte er nur den nächtlichen Himmel sehen. Wenn sie nicht schleunigst von hier verschwanden,

würden sie enge Bekanntschaft mit der riesigen Müllpresse machen, die sich hinter dem Mahlwerk des Müllwagens befand. Da war mehr als genug Platz, um den Ferrari ganz zu verschlingen.

»Sonny!« Tubbs hatte seine Tür geöffnet und kämpfte sich ins Freie. Die Flucht wurde dadurch behindert, daß sich der Schwerpunkt des Wagens dauernd verlagerte, während sie nach oben gehoben wurden, um in der Presse zu verschwinden. Tubbs glitt hinaus und stürzte aufs Pflaster, gerade noch rechtzeitig, um sehen zu können, wie der Mercedes verschwand. In dem Müllwagen saß niemand, der ihn bediente.

Als Crockett seine eigene Tür verschlossen und verklemmt fand, lähmte ihn einen Augenblick lang Panik. Es war zu spät, um auf die Fahrerseite zu krabbeln. Keuchend trat er mit dem Fuß die Überreste der Windschutzscheibe aus dem Rahmen und warf sich hinaus. Dabei konnte er sich den stinkenden Rachen des Mahlwerks einen Augenblick lang aus nächster Nähe betrachten.

Der Ferrari fiel mit dem Kühler zuerst in das Maul des Mahlwerks, wobei Teile des Wagens nach allen Seiten flogen. Das dumpfe Jaulen der Presse wurde lauter. Die Automatik folgte ihren Anweisungen und begann, den Spyder zusammenzupressen. Durch den Druck sprang ein Rad ab und prallte neben Crockett auf den Boden, als er auf die Straße sprang und sich dort abrollen ließ, wie er es in der Fallschirmspringerschule gelernt hatte. Sein Knie erinnerte ihn daran, daß er keineswegs jünger oder elastischer wurde und vorsichtig sein mußte.

Tubbs kümmerte sich nicht weiter um die Dienstanweisungen und stellte den Müllwagen ab. Für sie war die Jagd vorbei, und für den Ferrari war es viel zu spät.

Im Geiste setzte Crockett seinen Sportwagen mit auf die

Rechnung, die Maynard bei ihm noch offen hatte. Drogenhandel. Versuchter Mord. O ja, das würde sicher sehr lustig werden.
Tubbs betrachtete das Müllwagenmonster mit offensichtlicher Fassungslosigkeit. »Die Wunder der modernen Müllbeseitigungstechnologie!« sagte er. Seine Stimme bebte dabei. »Weißt du, daß hier drinnen alles mit Computer kontrolliert wird? Du lieber Himmel!«
Crockett stand auf. Seine Knie gaben nach und schickten ihn wieder zu Boden. Diesmal hätte es ihn um ein Haar erwischt.
»Wenn du mich fragst«, meinte Tubbs, um einen unbekümmerten Tonfall bemüht, »ich würde sagen, da hat uns einer auf die Schippe genommen. Hast du einen Blick auf Stones wichtigen Verbindungsmann geworfen?«
»Es ist tatsächlich Maynard!« Crockett wischte sich Schmiere von der Augenbraue. Seine Kleider waren jetzt, nach dem verrosteten Lagerhaus und dem Sprung auf die Straße, völlig hinüber.
»Kauft Stone oder verkauft er?«
»Er macht Ausverkauf. Er verkauft den amerikanischen Traum.«
Er schaute sich um. Um sie herum war alles wieder ruhig. Dann blickte er auf den Müllwagen. »Kannst du so ein Ding fahren?«
»Wenn ich's nicht kann, dann werden wir beide wohl nicht nach Hause kommen!«
Unsicher und noch immer eingeschüchtert von dem Drachen, der sie fast verschlungen hätte, kletterten sie in die Fahrerkabine und versuchten herauszufinden, wie man dieses Monster ins Hauptquartier fahren konnte.

9

Der Taxifahrer hatte lange schwarze Haare, die von einem Netz aus ausgebleichtem grünen Fallschirmnylon zusammengebunden waren. Seine Gesichtshaut sah aus wie Zement, der schlecht abgebunden hatte. Die hohen Backenknochen ließen die stillen Tiefen seiner schwarzen Augen ein wenig wild erscheinen. Er sah finster und fremd aus – Taxifahrer in amerikanischen Städten wirken häufig so auf Einheimische. Er kam woanders her. Seine Beweggründe und seine Weltanschauung unterschieden sich von denen des Durchschnitts-Yankees. Diese Männer waren meist harmlos – Asiaten, Äthiopier, Chinesen, die sich in den Staaten ihren Lebensunterhalt verdienten.

Als Mrs. Stone in das Taxi stieg, schossen ihr diese Überlegungen durch den Kopf. Intensiver beschäftigte sie allerdings der Gedanke an ihren zukünftigen Ex-Ehemann, diesen hundertprozentigen Versager. Warum sie sich je mit Ira Stone zusammengetan hatte, das war eine Frage, die besser unerforscht blieb. Vielleicht war es der gute Stoff, den er besorgen konnte. Vielleicht das schnelle Leben. Vor langer Zeit einmal war sie von Stone wie berauscht gewesen und hatte geglaubt, er werde es zu etwas bringen. Jetzt, wo sie wußte, wie es mit ihm enden würde, wollte sie die Bindung an ihn lösen und die süßen Früchte des Lebens der oberen Mittelklasse genießen, die ihr aufgrund ihrer Familie und ihrer Erziehung erstrebenswert erschienen. Sie wollte umsorgt werden, verwöhnt und beneidet werden, in den richtigen Kreisen verkehren. Sie wollte begehrt sein.

Ihren Adrenalinvorrat hatte sie in ihrer Wut auf Stone erschöpft, aber von ihrer Mutter hatte sie die schrille Hartnäckigkeit geerbt, die Crockett und Tubbs schon aus nächster Nähe kennengelernt hatten. Statt sich zu beruhigen und

den Mund zu halten, konzentrierte sie einen Teil ihrer Gereiztheit auf den Taxifahrer – diesen seltsam aussehenden Burschen, genau die Art Widerling, die sie in dieser Stadt als Taxichauffeur erwartete. Miami stank ihr.
»Es wurde aber auch langsam Zeit!« sagte sie, als sich der Kofferraumdeckel des Taxis über ihrem Koffer schloß. »Ich werde mein Flugzeug verpassen!« Sie kniff die Augen zusammen und blickte ihn prüfend an. »Sie wissen doch, wo der Flugplatz ist, oder?« fauchte sie ihn in schneidendem Ton an.
Der Fahrer nickte. Dann lächelte er.
Mrs. Stones bösartige Bemerkungen blieben ihr in der Kehle stecken.
Die Zähne des Fahrers waren zu scharfen Spitzen gefeilt. Sie konnte nicht wissen, daß dies bei den vietnamesischen Bergstämmen so Sitte war.
Das Lächeln wurde breiter. Es wurde viel eigenartiger, als es sich Mrs. Stones armselige Phantasie jemals hätte vorstellen können.
Die spitzen Zähne waren in Gold eingefaßt und hatten Jade-Einlagen in Form von Halbmonden und Sternen – im Heimatland des Mannes, in Laos, ein Zeichen von Reichtum und Macht.
Die hinteren Türen des Taxis waren versperrt. Es gab keine Knöpfe, auf die man hätte drücken können. Keine Griffe, die man hätte bewegen können.
Das Lächeln des Fahrers wurde noch breiter, als das Taxi mit der zukünftigen Ex-Mrs. Stone auf dem Rücksitz eingeschlossen davonfuhr.
Ihr Wunsch war in Erfüllung gegangen. Der Fahrer begehrte sie.

Auf der Koje der »St. Vitus Dance« lagen alternde Reminiszenzen an Crocketts Leben wie auf einem Nostalgie-Buffet herum. Aus seiner Militärkiste hatte er verschwommene, zerknitterte Fotografien hervorgekramt, ein Gürtelschloß der nordvietnamesischen Armee, ein schweres Messer, ein Sturmfeuerzeug mit der Inschrift »Fightin' 91«. Diese Auswahl persönlicher Erinnerungsstücke machte Tubbs befangen, und er fühlte sich unbehaglich, so als ob zuviel von Sonnys Vergangenheit vor ihm ausgebreitet wäre und ihm der Durchblick fehlte, sie zu verstehen.
Elvis, der Alligator, war stets begierig, sich zu Gehör zu bringen, und rülpste laut aus den Tiefen seines faltigen Reptilienschlundes. Der Klang war zu grotesk; Tubbs konnte nicht anders, er mußte grinsen. *Danke, Elvis, alter Kumpel,* dachte er. Die Stimmung war derart befangen, daß er sich nur davon befreien konnte, indem er es von der komischen Seite sah, sonst wäre er in eine gänzlich unangebrachte Ehrfurcht vor Crocketts Vergangenheit verfallen.
Sonny sortierte die Memorabilien und hielt dann inne, wobei er ein Foto ganz besonders aufmerksam betrachtete. Es war eine Schwarzweißaufnahme im Format 10 x 15. Eine Ecke war abgerissen. Mit einem langen, vielsagenden Seufzer reichte er Tubbs das Foto, der sich in der engen Kabine tief bücken mußte, um es genau sehen zu können.
»Der dritte von links«, sagte Crockett, »ist das der Bursche, den du aus dem Lagerhaus kommen und in den Mercedes einsteigen sahst?«
Eine Gruppe von Männern stand im Halbkreis mit Cocktails in der Hand auf der Terrasse des Continental Hotels in Saigon. Hinter ihnen stiegen überall dichte Rauchwolken von brennendem Öl in die Luft. Die Männer schauten zu, wie die Stadt bombardiert wurde. Crockett befand sich

ganz rechts, halb vom Fotografen abgewandt. Maynard war der dritte von links.

»Der alte Immobilien-Kapitän«, sagte Tubbs nickend. »Das ist er.«

Crockett hätte gerne geglaubt, daß er die Stimme im Lagerhaus falsch identifiziert hatte, daß er das Gesicht des Mannes, den Stone erpressen wollte, nicht richtig gesehen hatte, daß es trotz allem, was er gehört und gesehen hatte, nicht Maynard war, daß Maynard nicht *wirklich* der Sergeant war, mit all den furchteinflößenden, fast mythischen Kräften, die dem Sergeant zugeschrieben wurden.

Nein, alles paßte von Anfang an in dieses verrückte Puzzle. Warum konnte der Sergeant, wenn es ihn wirklich gab, nicht irgendein übler Fremder sein, den Crockett ohne weiteres umlegen konnte.

»Der Immobilien-Kapitän«, wiederholte Crockett. »In Vietnam gab er sich als Sanitätsoffizier aus, aber jedermann vermutete, daß er in Wirklichkeit zum CIA gehörte. Er bekam den Namen ›Immobilien-Kapitän‹, weil in jedem Gebiet, für das er sich in Vietnam interessierte, kurz danach die Hölle los war. Jedermann schien ihn für eine wichtige Persönlichkeit zu halten, und er schätzte das. Er hat mich immer über Football befragt . . . und danach, was ich später mal machen wollte, wenn ich zurück in Amerika war . . .« Seine Stimme versagte fast. Seine Augen schauten in eine unbestimmte Ferne. »Du lieber Himmel . . . irgendwie mochte ich ihn . . .«

»Wie kam Stone in Verbindung mit ihm?«

Crockett hätte fast gelacht. »Oh, für Stone war er eine tolle Informationsquelle. Eine Menge Einzelheiten in Stones Kriegsberichten hatte er von Maynard. Und Stone legte sowieso Wert darauf, *jedermann* zu kennen!«

Tubbs schnüffelte, er war total erschöpft. »Vielleicht wußte

Stone schon, daß Maynard der Sergeant war, bevor er überhaupt hierher kam, Sonny? Hast du darüber mal nachgedacht? Vielleicht hat es nie einen Artikel gegeben? Vielleicht noch nicht mal einen Entwurf?«

»Junge, darüber möchte ich jetzt lieber nicht nachdenken!« sagte Crockett trübsinnig. »Er brauchte nur jemanden, der für ihn Maynards Aufenthaltsort ausfindig machte, bevor der ganze Stoff verteilt war.« Ungläubig schüttelte er den Kopf, aufs neue verärgert. »Wozu hat man schließlich alte Freunde, nicht wahr?«

Tubbs gab ihm das Foto zurück. »Tut mir leid, Mann!«

»Ja, mir auch. Selbst wenn es einen Entwurf für den Artikel gibt, so muß ich doch davon ausgehen, daß Stone mit der Absicht hierher kam, den Sergeant zu erpressen, falls er ihn fand. Leute, die schon sieben Heroin-Entziehungskuren hinter sich haben, haben normalerweise nicht allzuviel Geld in der Tasche. Denk an das Mittagessen, zu dem er uns eingeladen hat. Dafür hat nicht seine Zeitung gezahlt. Vielleicht gibt es nicht mal 'ne Zeitung, bei der er beschäftigt ist. Alles, was er an Geld hat, hat er von –«

»Mrs. Stone!« ergänzte Tubbs. »Die hätte schon seit langem den Preis als ›Xanthippe des Jahres‹ verdient.«

Crockett kramte hinter dem Bett herum. »Hier! Wirf Elvis ein paar Hundekuchen in den Rachen. Er ist unglücklich, weil ich ihn in letzter Zeit so vernachlässigt habe. Ich möchte gerne einen Augenblick hier unten alleine sein, verstehst du!«

»Kein Problem!« sagte Tubbs und nahm eine Handvoll Hundekuchen in Empfang. »Und was dann?«

»Dann statten wir Mrs. ›Immobilien-Kapitän‹ einen freundschaftlichen Besuch ab.«

Katrina Vance war auf dem Tennisplatz und spielte gegen sich selbst. Eine Manga-Service-800-Wurfmaschine schleu-

derte ihr gelbe Day-Glo-Tennisbälle zu, und sie schlug die herankommenden Bälle über das Netz zurück.
Der Manga-Serve erinnerte Crockett unangenehmerweise an einen Mörser.
»Ich freue mich, daß Sie sich doch noch entschlossen haben, mir einen Besuch abzustatten!« sagte sie, ohne einen der beiden Detectives anzuschauen, die sich aus der Schußlinie hielten. Tückisch sauste ein weiterer Ball zischend auf sie zu. Crockett sah, daß Mrs. Vance die Zähne aufeinanderbiß, als sie ihn zurückschlug. Sie hatte eine beachtliche Vorhand und war auch an anderen Stellen bestens entwickelt . . . oder vielleicht eher gut erhalten. Ihre wohlgeformten Beine, von der Sonne gebräunt, waren flink und muskulös. Sie hatte zu lange in der Sonne gelegen. Ihre Haut schien zu straff gespannt und dann zu lange gebraten zu sein. Crockett wußte, daß Frauen nach Schönheitsoperationen häufig die Manie entwickelten, sich allzu sehr zu bräunen – die Sonnenbräune verbarg die noch sichtbaren Narben.
»Was soll das heißen?« fragte Tubbs, der plötzlich hellwach war.
»Mein Mann hat Mr. Crockett eine spezielle Nachricht hinterlassen!« Ssss! Plopp! »Er hat folgendes gesagt: ›Erzähl Mr. Crockett, daß ich den dringenden Wunsch habe, mit ihm über unseren gemeinsamen Freund Stone zu reden, aber nur mit ihm allein. Sag ihm, daß ich mir über das Befinden von Mr. Stone außerordentliche Sorgen mache und daß ich ihn gerne so bald wie möglich sehen möchte, um mit ihm darüber zu reden.‹ Das genau war es, was mein Mann mir gesagt hat.«
Ssss! Plopp!
»Wo ist Mr. Maynard hin?«
»Zum Fischen.« Beide Männer hatten den Eindruck, daß Mrs. Maynard das mißbilligte. »Er hat da unten in den Keys

eine Lieblingsstelle. Mehr so eine Art Lager. Wenn diese Sache wirklich wichtig ist, dann müssen Sie wohl dorthin fahren, denn da gibt's kein Telefon!« Ssss! Katrina Vance holte zu einem weiten Schlag aus, verschätzte sich und verfehlte den Ball. Sie verzog das Gesicht, als ob irgend etwas in ihrer Schulter sie dafür bestrafe, daß sie den Ball nicht getroffen hatte. »Oh, verdammt. Männer und ihre verrückten kleinen Phantastereien . . .«

»Wann ist er fortgefahren?« fragte Crockett.

»Heute morgen, vor Sonnenaufgang. Lange bevor ich aufgewacht bin. Er hat Mr. Hmung mitgenommen.«

»Wer ist das?«

»Unser Gärtner. Er hängt sehr an meinem Mann. Sie haben sich in Laos kennengelernt. Mr. Hmung war in einem dieser furchtbaren Gefangenenlager . . .« Verärgert über den Schmerz in ihrer Schulter, stellte sie die Wurfmaschine mit einer Fernbedienung ab, die durch ein langes, speziell isoliertes Kabel mit dem Manga-Serve verbunden war. Der letzte Ball kam auf sie zu. Sie trat zur Seite, als er vorbeiflog, und ging zu einer in der Nähe stehenden Bank mit einem Tablett, wo sie sich ein Glas frischer Limonade eingoß.

»Im vergangenen Jahr ist es meinem Mann gelungen, Mr. Hmung dort herauszuholen. Wir haben bisher siebzehn Vietnamesen betreut . . . aber Mr. Hmung ist ihm der liebste. Vor der Niederlage war er in Laos ein wichtiger Mann. Und ich muß sagen, seine chinesischen Pfingstrosen sind einfach sensationell!« Sie war schweißüberströmt und trank das ganze Glas aus.

»Wie kommt man von hier aus zum Lager Ihres Mannes?« Katrina Vance lächelte. Sie hatte in ihrem Leben schon viele Männer bezaubert. »Kommen Sie mit mir in den Wintergarten, meine Herren, dort zeige ich Ihnen eine Karte!«

Mit Rücksicht auf die Autobahnpolizei begnügten sie sich mit einem Durchschnitt von etwa 100 Meilen pro Stunde. Trotzdem brauchten sie einige Stunden, um den Laden für Fischereibedarf und Köder zu erreichen, den Mrs. Vance ihnen genannt hatte. Mittag war schon vorbei, als Tubbs seinen Cadillac-Straßenkreuzer in eine Parkbucht vor den rostigen Coca-Cola- und Nehi-Orangensaftreklamen von »Barneys Köder- und Bierladen« lenkte.

Sie mieteten ein Fischerboot und folgten den Anweisungen, die Mrs. Vance ihnen gegeben hatte, wobei sie ungefähr eine Stunde lang immer tiefer in die Keys hineinfuhren. Nach und nach wurde die Fahrrinne enger, wurde erstickt von Marschgras und Schilf. Hier gab es jede Menge Alligatoren – das war wirklich Elvis-Land.

»Wir sind wieder genau da, wo die ganze Geschichte angefangen hat!« stichelte Tubbs gutgelaunt. Er haßte diese »Mensch gegen Natur«-Unternehmungen.

Crockett hatte den Großteil des Stakens übernommen; er war geübt darin und sie kamen schneller voran. »Ja, das habe ich auch gerade gedacht. Aber diesmal haben wir keine Verstärkung von der Drogenfahndung zu erwarten!«

»Glaubst du, das hier ist eine Falle?«

Crockett schnaufte. »Natürlich ist das eine Falle! Was denn sonst, nach der letzten Nacht und unserer verunglückten kleinen Verfolgungsjagd!« Seine Nasenflügel bebten vor Wut, als er an seinen zusammengepreßten Ferrari dachte. »Da kannst du deinen letzten Dollar drauf wetten, daß das eine Falle ist!«

»Nichts werde ich wetten, Whitey«, meinte Tubbs.

»Ja, ja, schon gut. Jetzt sei still und rudere weiter, wie es im Kino immer heißt. Gib mir eine Limo, mein Junge!«

»Du fängst sogar an, wie Stone zu reden. Ich finde, wir hatten in dieser Woche ein bißchen viel Vietnam-Nostalgie!« Er

riß zwei Dosen aus der Plastikverpackung und zog die Laschen hoch. Sie hatten die Limonade in Barneys Laden gekauft, denn sie wußten beide, daß es ein harter Tag werden würde.
Weil Tubbs einmal dabei war, packte er auch gleich ihre »Fischfangausrüstung« aus.
Aus dem eng zusammengerollten Matchbeutel im Bauch des Bootes holte Tubbs eine 12er Remington-Pumpflinte und schob acht tödliche Nitro-Mag-Ladungen in das Magazin. Ein Schuß genügte, um alles, was vor eine solche Waffe kam, unschädlich zu machen; mit acht Salven konnte man ein Haus umpusten. Dann zog er für Crockett eine Waffe seiner Wahl hervor.
»Bist du sicher, daß du dieses Ding wirklich benutzen willst, Mann?«
»Unbedingt! Mein Sinn für Kontinuität verlangt das.«
Die Waffe war eine Armee-M-16; der Typ, den Crockett in Vietnam als lebenslangen tragbaren Freund mit sich geführt hatte. Unter seiner Achselhöhle befand sich immer noch seine Bren Ten, voll geladen, aber er hatte darauf bestanden, die M-16 von der »St. Vitus Dance« mitzubringen, wo sie normalerweise das Regal hinter der Kabinentür ausfüllte. Während Crockett ruderte, begann Tubbs, mehrere Magazine mit 5.56er Munition zu füllen, jeweils achtzehn Schuß pro Magazin.
»Ich glaube, ich kann von hier aus das Lager sehen!« verkündete Crockett. »Wir sind ungefähr fünf Minuten entfernt.«
Tubbs machte die Waffen fertig, brachte seine eigene Flinte in Anschlag und betätigte den Mechanismus, um die Kammer zu laden.
»Sieht ziemlich elegant aus, wenn man bedenkt, daß wir hier mitten in der Wildnis sind!« bemerkte Crockett.

Das Lager befand sich auf einer Lichtung auf einer Halbinsel, die im übrigen dicht von tropischen Gewächsen überwuchert war. Von den Skeletten der Bäume hing Spanisches Moos, das sie erstickt hatte. Es gab einen kurzen, gerodeten Weg zur offenen See hin, der zu einem wohlerhaltenen, aber verwitterten hölzernen Dock führte. Am Dock lag ein teures Rybovich-Sportfischerboot mit Spezialsitzen für den Fischfang, vollständig ausgerüstet mit Riemen und Fußstützen und oben einer geschlossenen Kapitänsbrücke. Neben einer abgeschirmten Kabine befanden sich sauber in Reih und Glied hintereinander mehrere Vorratsräume. Darin waren vermutlich Waren aus dem Diskont-Lagerhaus. Vielleicht Waffen, vielleicht aber auch Vorräte fürs Überleben. Crockett hielt Maynard für jemanden, der darauf bestand, wohlgerüstet für das zu sein, was er und die Regierung, für die er arbeitete, als unvermeidliche nukleare Apokalypse ansahen . . . eine, die man überleben konnte und bei der man eine Regierung brauchte, die den Leuten sagte, was als nächstes zu tun war. Maynard war immer gut im Überleben gewesen und hielt sich an die goldene Regel des amerikanischen Geschäftsmannes: Man muß auf alles gefaßt sein!
»Ich will verdammt sein, wenn wir zur Vordertür hereinmarschieren!« sagte Crockett.
»Denkst du denn, daß Stone noch am Leben ist?«
Crockett verzog den Mund. Er war sich nicht sicher, ob er überhaupt *wollte*, daß Ira Stone noch lebte. »Schwer zu sagen.«
Keiner der beiden sah das scharfgeschnittene, gelblich-braune Gesicht von Mr. Hmung, der ihre Ankunft beobachtete. Zwischen dem Schilf und dem dichten Untergrund tauchte er nach Belieben auf und verschwand wieder. Er tat seine Arbeit, die darin bestand, ein Auge auf die erwarteten Gäste zu haben. Später, so hatte man ihm versprochen, würde er

vielleicht auch Gelegenheit haben, sich an ihrer Ermordung zu erfreuen.

10

»Sie haben noch zwölf Minuten Zeit, Maynard. Dann haben meine Beauftragten die Anweisung, ein gewisses Manuskript zur Post zu bringen.«

Stone und Maynard saßen einander wie Geschäftsleute an der Metallplatte eines Militärschreibtischs gegenüber. Maynard schien völlig ungerührt. Stone zeigte langsam die Anspannung, die davon herrührte, daß er gezwungen war, sich an einen zweifelhaften Bluff zu klammern. Es gab ein Manuskript, das stimmte. Aber würde es abgeschickt werden? Er hatte seine Geschichte. Ein Teil seiner selbst wollte auf dem journalistischen Weg weitergehen und die Geschichte von Maynard und dem Immobilien-Kapitän und dem Sergeant in alle Welt hinausposaunen, so daß jedermann sie erfuhr. Die amerikanischen Veteranen würden ihm dafür danken. Aber ein anderer Teil seiner selbst war korrupter und bestand darauf, daß er sich selbst zuerst schützte, und was konnte ihn besser schützen als eine hübsche Gelddecke. Maynard war erpreßbar . . . und so tat Stone sein Bestes.

Seine Waffe half ihm.

Stone hielt eine 45er Marine-Automatik auf ihn gerichtet. Schon seit Beginn ihrer Unterhaltung zielte die Mündung der Waffe auf Maynard. Aber auch das schien Maynard nicht weiter zu bekümmern. Er spielte die ganze Zeit über mit einer künstlichen Fliege, wie sie beim Angeln Verwendung findet.

Er schüttelte den Kopf, als wolle er damit seine Meinung

über die Dummheit dieses Melodrams zum Ausdruck bringen. »Du machst hier einen schweren Fehler, Stone. Soll ich dir mal sagen, wozu sich deine Geschichte wirklich eignen würde? Als Schundroman!«
Gereizt verlieh Stone seinen Worten durch eine Bewegung mit der Waffe Nachdruck. »Es ist doch so: Ich sitze hier auf einer tollen Geschichte. Schmerzlich für uns alle – für Sie, für mich. Und wenn man sie aus der übermäßig patriotischen Perspektive betrachtet, die Sie so lieben, dann ist sie auch schmerzhaft für ›dieses unser großes Land‹, wie Tricky Dicky Nixon immer zu sagen pflegte. Wir sollten Frieden schließen, Mann.«
Maynard zuckte mit den Achseln, und seine Stimme nahm wieder einen belehrenden Tonfall an. »Du weißt, daß in den meisten Ländern der Welt der Schmerz zur zweiten Sprache geworden ist. Ich nehme an, du willst mir damit Angst machen. Aber auch ich spreche diese Sprache. Die Leute verstehen Schmerz besser als alle Worte, denn durch Schmerz kommt man sofort auf den Punkt. Doch in Amerika gibt es in der Tat nicht allzu viel davon. Wir haben die Bedeutung von Schmerz vergessen. Bei uns ist *Geld* zur zweiten Sprache geworden.«
»Noch neunzehn Minuten!« sagte Stone, der bedeutungsvoll auf seine Uhr schaute.
»Genauso ist es mit dem Begriff der Obszönität. Es ist so leicht, die Leute dazu zu bringen, ihre eigene Sprache zu hassen und auf diese Weise den Samen für ihre spätere Niederlage zu säen. Das tun wir gerade. Weißt du, daß kein Gericht im ganzen Land je eine juristische Entscheidung gefällt hat, in der definiert wird, was obszön ist und was nicht?«
Erneut schaute Stone so nachdrücklich auf die Uhr, daß Maynard es in jedem Fall bemerken mußte. »Kommen Sie endlich auf den Punkt!«

»Das ist ganz einfach. Wir sagen den Leuten, was obszön ist und was nicht. Wir sagen ihnen, welche Sprache sie gebrauchen sollen, und sie tun es. Die Leute *wollen* geführt werden, und genau das ist unsere Aufgabe. Während sie sich über einen Papiertiger aufregen, nämlich was obszön ist und was nicht, nehmen wir ihnen an Rechten weg, was wir wollen, und gestehen ihnen andere nach Belieben zu. Du, Stone, weißt genausogut wie ich, daß Sprache überhaupt nicht obszön sein kann. Was obszön ist, wirklich obszön, das ist das, was wir beide in Südostasien erlebt haben. Ein schmutziges Geschäft.«

Stone erkannte sein Gerede als Ablenkungsmanöver – einlullend, lähmend. Er fiel nicht darauf herein.

»Natürlich erwartest du, für das, was du weißt, Geld zu bekommen!« sagte Maynard. Er sah Stone direkt an. Stone mußte sich anstrengen, nicht den Blick zu senken. »Du *erwartest*, Geld . . . und nicht Schmerz. Wie ironisch.«

Mr. Hmung betrat die Hütte und warf dabei nur einen sehr flüchtigen Blick auf Stones Waffe. Er hatte einen rindsledernen Diplomatenkoffer in der Hand, den er vor Maynard auf den Schreibtisch stellte. Maynard machte eine Handbewegung, die andeutete, daß er gehen könne; die Augen der beiden schienen eine Menge Informationen auszutauschen, so als stünden sie in einem geheimen Funkkontakt. Stone gestikulierte mit der Waffe, um sicherzustellen, daß hier keine faulen Tricks versucht wurden. Maynard legte den Koffer hin und öffnete die eloxierten Schlösser.

»Schön langsam und vorsichtig!« sagte Stone.

Maynard nickte und schien einzulenken. »Ich habe hier drei für dich sehr interessante Gegenstände, Stone. Nummer eins – dein Manuskript!«

Er zog einen dicken braunen Umschlag hervor, der schon mit Anschrift und Briefmarke versehen war. »Das ist doch

der Umschlag, den du deiner treusorgenden Ehefrau anvertraut hast?« Klatschend ließ er ihn auf den Schreibtisch fallen. »Trau niemals einer Frau, Stone!«
Stone erkannte auf dem Briefumschlag seine eigene Handschrift. Es war kein Bluff.
»Als zweites habe ich eine gute Nachricht für dich!« fuhr Maynard fort. »Deine Scheidung ist erledigt. Mr. Hmung hat die Einzelheiten geregelt.« Er ließ Mrs. Stones goldenen Ehering auf die Schreibtischplatte fallen, wo er abprallte, sich wie eine Münze drehte und dabei Lichtblitze verstreute. »Er hat dafür gesorgt, daß die Trennung ganz und gar endgültig ist.«
Hmung hatte den Raum schon verlassen, so als wolle er auf Maynards Wink hin eine vorbereitete Arbeit beenden.
Auf Stones Stirn brach der Schweiß aus. War seine Frau tot? Wie anders hätte Maynard das Manuskript an sich bringen können? Seine Hand schloß sich krampfhaft enger um die 45er.
Ungerührt machte Maynard weiter. »Und hier ist Nummer drei!«
Er zog eine entsicherte Automatik aus dem Diplomatenkoffer und schoß zweimal auf Stone, bevor der auch nur Zeit hatte, entsetzt die Augen aufzureißen.
Die Schüsse trafen Stone in die Brust und schleuderten ihn nach rückwärts aus seinem Stuhl. Er fiel keuchend zu Boden, wobei die 45er aus seiner Hand rutschte, so daß er sie nicht mehr erreichen konnte. Maynard stand auf und nahm sie an sich.
»Sieht so aus, als wärest du nackt hinter die feindlichen Linien geraten, mein Freund!« tadelte Maynard. »Wirklich jammerschade!«
Der Schmerz brachte Stone dazu, Überlegungen aneinanderzureihen, die es ganz logisch erscheinen ließen, daß

Crockett vermutlich hier war, um ihm das Leben zu retten. Daß er hörte, wie jemand die Hintertür eintrat, bestärkte ihn in diesem Gedanken.
Aber Maynard war schon durch die Vordertür verschwunden und folgte der Spur von Hmung.
»Crockers!« keuchte Stone. Er konnte fühlen, wie frische Luft durch die Wunden in seine Brust eindrang. Das Schreien tat weh. Das Atmen tat weh. Aber er mußte Crockett warnen. »Crockers! *Didi mow! Didi mow!* Er hat einen Montagnard-Mann bei sich!«
Stone hatte nach Crockett gerufen, und der war wie durch Zauberei erschienen. Jetzt stand er im rückwärtigen Flur, hielt den Gang im Schußfeld seiner M-16 und wirkte wie eine verrückte Rückblende aus Vietnam.
Der Schmerz war zu groß. Instinktiv verfiel Stone in das im Krieg gelernte Verhalten und rief mit schwacher Stimme: »Sanitäter! Sanitäter! Erste Hilfe!«
Crockett und Tubbs gaben einander Deckung, indem sie sich in Zickzacksprüngen vorwärts bewegten, bis sie den Hauptraum erreicht hatten. Während Tubbs zum nächsten Fenster sprang, die Flinte vor sich schußbereit, kniete sich Crockett neben Stone hin und lehnte ihn in sitzender Position neben sich gegen eine Wand. Eine breite Blutspur markierte Stones Ortsveränderung.
»Toll sieht du ja nicht aus!« sagte Crockett ruhig. »Aber ich glaube, du schaffst es!«
Regel Nr. 1 im Kampf war, Männer, die sterben mußten, über ihren Zustand im unklaren zu lassen; sie sollten mit dem Gedanken sterben, daß alles gut werden würde. Crokkett wußte das. Stone wußte es auch. Wen wollten sie mit diesem Spielchen eigentlich täuschen?
»Ich fühl mich aber gar nicht danach!« stöhnte Stone.
»Tu mir einen Gefallen!« sagte Crockett. »Tu, als wär's so!«

»Ich werde hier auf euch warten, Jungs . . .« Sein Blick glitt in unbestimmte Ferne. Dann verlor er das Bewußtsein.
»Sie können überall da draußen sein!« sagte Tubbs, während er in das dichte Unterholz außerhalb ihrer Schußweite schaute.
»Es gibt nur eine Möglichkeit für Maynard«, sagte Crockett. »Er weiß, daß er uns jetzt umlegen muß. Komm weiter. Sei vorsichtig.«
Sie rannten aus der Vordertür, ohne daß auf sie geschossen wurde. Crockett gab Zeichen. Wenn es ihnen gelang, Maynard den Weg zu seinem Schiff abzuschneiden, dann konnten sie ihn vielleicht schnappen. Wenn es zu lange dauerte, würde Stone sterben. Ein Rettungshubschrauber mußte alarmiert werden. Falls Maynard und sein Mann nicht in Richtung des Bootes flüchteten, dann wollte Crockett das Funkgerät des Schiffes benutzen, um Verstärkung und medizinische Hilfe herbeizuholen.
Auf, nieder. Tubbs' Kopf tauchte zwischen den Büschen auf und verschwand wieder. Plötzlich machte eine Salve aus einem automatischen Gewehr den Baum hinter ihm zu Kleinholz, und er ließ sich mit dem Gesicht nach vorn in den Matsch fallen, wobei er innerlich fluchte.
»Wir sind gleich bei euch, Jungs!«
Das war Maynards Stimme, aber das täuschende Echo in den Sümpfen machte es unmöglich, die Richtung zu erkennen, aus der die Stimme kam. Crockett wußte, daß Maynard das wußte.
Sehr bald hatten sie sich im Dickicht verirrt. Maynard hatte hier den Heimvorteil. Das Schilf war so hoch, daß Crockett das Boot nicht im Auge behalten konnte. Der häßlich knatternde Feuerstoß einer M-16 klang sehr nahe. Links von Crockett hatte sich etwas bewegt. Mit einer raschen, gekonnten Bewegung wirbelte Crockett herum und hielt seine

eigene M-16 so, daß er sofort zielen und feuern konnte, wenn er etwas sah.
Er schaute in den erhobenen Lauf von Tubbs' Pumpflinte. Sie hatten sich im Dickicht im Kreis gedreht und zielten jetzt aufeinander. Tubbs riß Mund und Augen auf. Crockett wollte ihn mit einer Handbewegung zum Schweigen bringen, als sein Partner »Runter!« brüllte.
Crockett wußte instinktiv, was los war. Er warf sich genau in dem Augenblick zu Boden, in dem Tubbs eines seiner Nitro-Mag-Geschosse abfeuerte. Für jeden Beobachter mußte es so aussehen, als hätte Tubbs direkt auf seinen Freund geschossen.
Mr. Hmung, der aus den Büschen hinter Crockett aufgetaucht war, fiel aus seinen Reisstrohlatschen, als das Nitro-Mag-Geschoß ihm das Leben auspustete. Er kippte nach hinten wie ein Sack, wobei seine Totenhand sich um die eigene M-16 krampfte. Die Waffe feuerte gen Himmel, bis sie leer war.
Tubbs duckte sich, als er das Geräusch von Maynards Automatik hörte, der nach ihnen suchte.
»Das waren fünf Schuß!« flüsterte Crockett, nachdem sie eng zusammengekrochen waren. »Ich wünschte, ich wüßte, ob in seinem Magazin acht Schuß sind oder dreizehn!«
»Geh mal davon aus, daß es dreizehn sind!« erwiderte Tubbs. »Er wirkt auf mich nicht wie einer, der die Dinge nur halb macht.«
Crockett nickte. Sie begannen, mit dem Gesicht nach unten, in Richtung des Bootes zu kriechen. »Willkommen im Krieg, Rico!« zischte er.
Das Geräusch der großen Motoren von Maynards Kreuzer ließ sie beide hochspringen. Das Dock war nicht, wie sie vermutet hatten, vor ihnen, sondern links davon. Crockett sah graue Dieselauspuffgase in den Himmel steigen, und im

nächsten Augenblick rannte er ins Freie, ohne an Deckung zu denken. Tubbs folgte ihm, nachdem er zuvor schon nachgeladen hatte. Er sah, wie Crockett seinen Lauf stoppte und sich in das flache Gras des gerodeten Feldes fallen ließ, als Maynard am Steuerruder herumwirbelte und mit seiner M-16 auf sie beide feuerte. Seine Pistole war leer, aber er hatte sie nicht zurückgelassen, und außerdem gab es Waffen an Bord. Von dort, wo er stand, am Rande des Unterholzes, sah Tubbs Maynard, der ruhig und ungerührt das leere Magazin aus seiner Flinte nahm und ein anderes hineinsteckte.

Crockett benutzte diesen Augenblick, um Tubbs Feuerschutz in Richtung des Bootes zu geben. Tubbs rannte hinaus auf die Lichtung und versuchte, so nahe ans Dock heranzukommen, daß eine Salve aus seiner Flinte vielleicht Erfolg hatte.

Zu spät. Das Boot war schon von den Leinen los und teilte das Wasser bei Höchstgeschwindigkeit in zwei Wellenkämme. Maynard fuhr durch den engen Kanal. In zehn Minuten war er auf offener See . . . und Crockett und Tubbs hatten nur ein Ruderboot, um ihn zu jagen.

Crockett stieß vor Wut und Frustration einen Schrei aus und rannte zum Ende des Landungsstegs, wo er ein frisches Magazin nachfüllte und es in Richtung auf das Schiff abfeuerte, das in der Entfernung kleiner wurde. Es war offensichtlich schon vor der ersten Krümmung des Kanals auf Automatik eingestellt, denn Maynard stand am Heck, zielte mit der Flinte in die Luft und winkte ihnen ein herzliches »Auf Wiedersehen« zu. Tubbs glaubte, einen nassen roten Fleck auf der rechten Schulter des Mannes zu sehen, aber er war sich nicht ganz sicher.

Crockett wollte das dritte Magazin nachfüllen, gab es aber dann auf. Schon zu spät!

»Stone!« murmelte er. Dann drehte er sich um und rannte auf die Hütte zu.
Tubbs blieb stehen und schaute dem Boot nach, bis es außer Sicht war. Die Küstenwache mußte alarmiert werden, aber das würde vermutlich auch nichts bringen. Entweder würde sie zu spät kommen . . . oder Maynard hatte schon Vorsorge für diesen Fall getroffen. Das war etwas, worin er Experte war.
»Erstaunlich«, murmelte Stone, als Crockett hereinstürmte, wobei er die Drahttür aus den Angeln riß. »Ist es nicht *erstaunlich* . . .?«
Er lag im Sterben, das stand fest. Tubbs gesellte sich zu ihnen. »Funkgerät im Hinterzimmer!« sagte er rasch. »Ich alarmiere einen Rettungshubschrauber, höchste Dringlichkeitsstufe.«
»Ich glaube . . .« Stone spuckte Blut. Falls er überlebte, würde er vermutlich seinen linken Lungenflügel einbüßen. »Ich glaube, ich . . . habe jetzt für meine Geschichte ein Ende, nicht wahr . . .?«
Crockett erblickte den braunen Umschlag auf dem Schreibtisch, und dieser Anblick traf ihn wie ein Kinnhaken. Es gab *wirklich* eine Geschichte. Obgleich er genug Gründe hatte, es nicht zu tun, hatte Stone die ganze Geschichte aufgeschrieben. Sie war nicht bloß die Wahnvorstellung eines Junkies gewesen.
»Sonny, ich glaube, du solltest dir das hier mal anschauen, Junge!« rief Tubbs vom Flur her.
»Ich brauche eine Decke!« erwiderte er, denn er wollte Stone nicht alleine lassen.
»Hier ist eine, auf dem Feldbett. Komm mal her – für einen Augenblick bloß!« Tubbs' Blick ließ erkennen, daß es wichtig war.
Crockett betrat einen sauber aufgeräumten Raum. Hier gab

es Feldbetten, von denen Crockett zwei Decken für Stone riß. Die Funkausrüstung stand leise brummend einsatzbereit auf einem Tisch. Tubbs setzte sich daran. Und außerdem gab es da noch zwei Aluminiumsärge, die übereinandergestapelt waren und eine Ecke des Raums ausfüllten.
Unversehens überlief ihn ein Schauder. Einen Augenblick lang erwartete er, daß der Deckel des obersten Sarges aufflöge wie bei einem Teufel-aus-dem-Kasten, daß sich der verwesende Leichnam Scotty Shepards aufrichten, mit seinem halben Gesicht grinsen und sagen würde: »Hallo, Sonny. Ganz schön übel, dieser Krieg, nicht wahr, Junge. Aber mach dir nichts draus. Es hat nichts zu bedeuten. Aber dieser Holzalkohol in meinen Venen, das brennt wie der Teufel. Tu mir einen Gefallen, Sonny! *Laß den Schmerz vergehen!*«
Crockett kniff die Augen fest zusammen, und der Geist von Scotty Shepard ließ ihn in Ruhe, fürs erste wenigstens. Er verspürte dennoch einen Anflug von irrationaler Angst, als er den Deckel aufhob und den Sarg öffnete. Er war so schwer, daß tatsächlich ein Toter hätte darin liegen können. Der Kasten war von vorn bis hinten mit großen Heroinpaketen gefüllt, die in dicke Plastikfolie eingewickelt waren. Der verdorbene Vorrat des Sergeant.
Crockett ließ den Sargdeckel mit lautem Knall zufallen und wandte sich dann den Lebenden zu. Seine Phantasie gab ihm die morbide Überlegung ein, daß sie einen der Särge gut gebrauchen konnten, falls Stone starb und ein Rettungshubschrauber kam, um ihn zu holen.
Crockett wickelte Stone fest in die Decken ein, denn der Blutverlust und das Verletzungstrauma würden ihm ein Gefühl der Kälte verursachen, und dabei füllten sich seine Augen mit Tränen. Es war nicht wegen der Drogen, oder weil Stone vielleicht starb, oder wegen der alten Erinnerungen,

die er niemals wieder loswerden würde . . . nein, es war einfach alles zusammen.
Er hielt Stone fest an sich gedrückt. »Du gehst nicht, Kumpel. Du wirst wieder gesund. Die Sanitäter kommen. Ganz ruhig.«
Stone krampfte sich unter seiner Berührung zusammen. Er klammerte sich ans Leben. »Ist das nicht ironisch . . . Sonny? Wie ich gesagt habe? Ist das nicht . . . ironisch?«
»Ja.« Crocketts Stimme klang tonlos. Sein Gesicht war jetzt von Tränen überströmt. »Vorsichtig. Ja, ja, ironisch!«

II

»Man hat die Leiche von Mrs. Stone gefunden!« rief Switek von der anderen Seite des Miami-Vice-Büros her.
Crockett wachte mit einem Schlag aus seinen Tagträumen auf, und der Papierberg auf seinem Schreibtisch kam ihm klar zu Bewußtsein. Berichte – endlose Berichte darüber, was sich in den Keys zugetragen hatte, was sie gegen Captain William Maynard beweisen und was sie nicht beweisen konnten, wie viele Schüsse abgefeuert worden waren, wieviel Uhr es gewesen war. Endloser Papierkram. »Ach, tatsächlich?«
Switek kam näher, sprach in erster Linie mit Crockett. »In einem Müllcontainer, auf der Ostseite der Stadt, vor einem Teppichlager. Sie wurde mit irgendeiner schweren, langen Klinge getötet. Der Leichenbeschauer sagt, daß ihr die Kehle durchgeschnitten wurde. Diverse Verletzungen, Gewalttätigkeiten – du weißt schon, was ich meine. Im Bericht heißt es, daß das meiste davon nach ihrem Tod geschah.«
Crockett versuchte, den Gedanken an das scheußliche Ende der Mrs. Stone durch die Überlegung zu vertreiben, daß er

sie von Anfang an nicht gemocht hatte, aber das funktionierte nicht. Niemand hatte ein solches Ende verdient – nicht einmal eine kreischende Irre wie dieses verwöhnte Gör, das Stone zu seinem Unglück geheiratet hatte.
Er verschränkte die Hände hinter seinem Kopf und lehnte sich zurück. Die Wirbel in seinem Rückgrat streckten sich angenehm. Er trug ein kanariengelbes ärmelloses T-Shirt und ein Schulterholster. Die mattglänzende Bren Ten lag ungeladen mit offener Kammer auf seinem Schreibtisch. »Du kannst mir einen großen Gefallen tun, Stan!« sagte er langsam. »Erzähl das jedem, der irgendwelche Verbindungen zum Drogengeschäft hat. Aber erzähl Stone nichts davon. Er soll ruhig denken, daß sich seine Frau abgesetzt hat, ohne eine Adresse zu hinterlassen – jedenfalls wenigstens so lange, bis er aus dem Krankenhaus ist, verstehst du?«
Ira Stone war gerade im Mercy-Krankenhaus von der Intensivstation in ein normales Zimmer verlegt worden. Die Ärzte hatten einen großen Brocken Blei aus Maynards Pistole aus seinem Rücken entfernt. Ein Zentimeter weiter, und dem kleinen Mann wäre das Rückenmark durchtrennt worden. Der andere Schuß war glatt durchgegangen und hatte seine Lunge beidseitig durchlöchert. Es würde wohl etwas dauern, bis er sich erholt hatte. Jetzt, wo Crockett wußte, daß Stone überleben würde, war ihm nicht nach einem Besuch zumute.
Es überraschte ihn auch nicht, daß Stone einige Wochen später das Krankenhaus verließ, ohne ihn zu benachrichtigen. Das paßte völlig ins Bild.
Auch Stones große Geschichte schlummerte derzeit im Schoß der Geschichte. Sie war wertlos, wenn man nicht Maynard als Beweis in der Hand hatte – und Maynard war auf Nimmerwiedersehen aus dem Land verschwunden, untergetaucht wie der alte Mengele. So viel zu Stones Pulitzer-Preis.

Switek stand noch immer herum. »Sie haben das Taxi, in dem Mrs. Stone ermordet wurde, ganz in der Nähe gefunden. Innen ist alles voller Blut. Es ist ganz eindeutig, daß ihr hier die Kehle durchgeschnitten wurde. Die Verteilung des Blutes auf den Polstern bestätigt das.« Er zögerte. »Sonny – dieser Bursche mit den schrecklichen Zähnen, die alle angespitzt und vergoldet sind – das ist der Kerl, der sie umgebracht hat, nicht wahr?«

Obgleich es noch früh war, war Crockett schon müde. Er nickte zustimmend. »Ein ›Montagnard‹, ein Bergbewohner aus Laos. War dort ehemals ein wichtiger Mann und, nachdem Saigon gefallen war, auf der Flucht. Maynard hat ihn hergeholt. Das ist auch der Bursche, der den Mörserangriff auf mein Boot inszeniert hat. Stone wollte bei Dakotah Lee Drogen kaufen, und sie stand mit Maynard in Verbindung. Sie hat für ihn den Stoff unter die Leute gebracht. Nach der Geschichte mit dem vergifteten Stoff haben eine Menge Kunden sie im Stich gelassen – aber das soll uns nur recht sein. Aber sobald Maynard herausbekommen hatte, wo Stone war, hat er uns Hmung auf den Hals gehetzt. Dieser Maynard verpaßt wirklich keine Gelegenheit . . .«

Crockett blickte wieder abschätzig den Papierberg an, der sich vor ihm auftürmte. So viele Einzelheiten . . . und keine einzige davon war auch nur in den Spätnachrichten erwähnt worden.

»Hat sich schon irgendwas wegen meines Autos getan?« rief er hinter Switek her, der ihm den Rücken zuwandte und auf dem Weg zur Kaffeemaschine war, um sich erneut von dem langsam hart werdenden Gebäck zu nehmen, das dort lag. »Nein!« murmelte er undeutlich mit vollem Mund. »Aber wir haben wenigstens einen fahrbaren Untersatz für dich. Tubbs hat ihn heute morgen mitgebracht.«

Wie aufs Stichwort tänzelte Ricardo Tubbs ins Revier, tod-

chic angezogen und mit einem gewinnenden Lächeln. Heute war er gut gelaunt. Seine Augen glitzerten fast. Vor Übermut!
Crockett spürte, daß da etwas faul war.
»Sonny, alter Junge!« flötete Tubbs und begann, laut *»Papa Was A Rolling Stone«* von den Temptations zu singen.
»In Ordnung, Rico, ich werd's schon schlucken. *Warum* bist du so . . . erheitert?«
»Ich bringe dir gute Nachrichten, und du solltest nett zu mir sein!« sagte er vorwurfsvoll. »Eure Karosse erwartet Euch, Prinz Sonny!« Er streckte ihm einen funkelnagelneuen Schlüsselbund entgegen.
Genau wie Stones welterschütternde Geschichte, so war auch Crocketts zweiter guter Partner, sein pechschwarzer Ferrari Daytona Spyder, inzwischen Vergangenheit. Was sie aus dem Monster von Müllwagen gezogen hatten, war nur noch für Recycling geeignet. Die Reparatur hätte mehr gekostet als ein neues Auto . . . und da der Wagen direkt aus dem Fundus für beschlagnahmte Luxuswaren kam, hatte Lieutenant Castillo nicht das geringste Interesse daran, irgendwelche Reparatur-Gutscheine zu unterschreiben. Ein kaputter Wagen – was machte das schon.
Crockett beschaute interessiert den Schlüsselbund. »Was haben sie denn für mich gefunden?«
»Das wirst du schon sehen!« Tubbs flüsterte Switek etwas zu, der daraufhin breit grinste. Auch er verriet nichts.
»Schon gut, ihr Penner . . .« Crockett schob seinen Stuhl zurück, trank seinen Kaffee aus, vergaß seine Berichte und schlenderte zuversichtlich hinaus ins Freie, um einen Blick auf sein neues Transportmittel zu werfen. Sicher etwas, das zu seinem Image als eleganter Luxusmann paßte, das er sich aus Gründen der Tarnung zugelegt hatte.
Der Wagen, der zu den Schlüsseln gehörte, war ein Klassiker.

Vielleicht wäre *Antiquität* eine bessere Bezeichnung gewesen.
»Frisch vom Schrottplatz« war vielleicht die beste Beschreibung.
Crocketts Blickfeld wurde von einem 1972er Comet ausgefüllt, der hartnäckig an den Überresten seiner einstigen dunkelbraunen Lackierung festhielt. Das Blech war mit Tupfern von grauer Rostschutzfarbe übersät, die den Eindruck vermittelten, der Wagen sei in einen Flakbeschuß geraten. Vor ungefähr fünf Jahren hatte das Kunststoffdach begonnen, zu verrotten. Jetzt ging es vollständig kaputt, wobei es sich streifenweise ablöste, was den ganzen Wagen so aussehen ließ, als habe er einen Lockenkopf. Die Zierleisten waren bei den Unfällen und den Parkplatzrempeleien der vergangenen Jahre abhanden gekommen. Die Chromverstrebungen der Stoßstange hatten sich schon vor langer Zeit in Rost aufgelöst. Das Armaturenbrett sah aus wie eine vulkanische Landschaft. Eine Seite der getönten Windschutzscheibe war von einem dagegengeschleuderten Stein oder sonst einem Mißgeschick angeknackst; um die Bruchstelle herum zersetzte sich die Farbe. Durch die Windschutzscheibe konnte Crockett sehen, daß ein paar fusselige grüne Würfel am Rückspiegel hingen.
Der Wagen sah aus wie eine große braune Kakerlake.
Tubbs und Switek waren außer sich vor Heiterkeit. »Ich denke, wir sollten meinen Cadillac für unsere Vergnügungsfahrten durch Miami benutzen!« sagte Tubbs mit großzügiger Geste.
Crockett machte eine Handbewegung, die er in der vierten Klasse gelernt hatte. Switek bekam einen Lachanfall, bei dem er sich fast an seinem Doughnut verschluckte.
»Dafür werdet ihr mir noch büßen!« zischte Crockett.

Es war sechs Wochen später, mitten in der Lombard-Buchmacher-Razzia, als Crockett in sein Büro kam, immer noch angewidert von seinem »neuen« Auto, und eine rätselhafte Notiz auf seinem Dienstbuch fand.

Sonny

»ANRUF BEZAHLT EMPFÄNGER«-FERNGESPRÄCH FÜR DICH VON IRA STONE, 2.45 UHR AM NACHMITTAG. WIRD UM 4 UHR ORTSZEIT ERNEUT ANRUFEN. GINA

P.S. ABENDESSEN? DU NENNST DIE ZEIT, ICH HALT DEN WEIN BEREIT. XO.

Dieser verdammte Ira Stone. Wie betäubt starrte Crockett einige Augenblicke lang auf die Notiz. Sie klebte an seinen Fingern, als er sie weglegen wollte. Warum er, warum jetzt? Er hatte nie das merkwürdige Gefühl abschütteln können, daß Stone wirklich damals in Maynards Lager *gestorben* war; daß die Zeit, die er danach im Krankenhaus verbracht hatte, bloß geborgt gewesen war. Jetzt war es so, als käme der Geist des un-toten Stone zurück, um ihm sein Schuldgefühl um die Ohren zu schlagen . . . und zu beweisen, daß er unrecht gehabt hatte . . . und die ganze schreckliche Geschichte von neuem zu beginnen.

Crockett hatte gerade aufgehört, nachts Alpträume von Vietnam zu haben. Sie hatten sich verflüchtigt, als Stone Miami verließ. Jetzt war Stone wieder da.

Er hätte das Büro verlassen und die Bitte, auf den erneuten Anruf zu warten, ignorieren können. Er tat es nicht. Wie ein Mann, der voller Grimm auf das starrt, was er am meisten fürchtet, und dabei genau weiß, daß es ihn eines Tages zerstören kann, wartete er, bis um vier Uhr das Telefon klingelte.

»Hallo, Crockers!«
»Wie geht's dem Brustbein?«
»Angekratzt, wund. Tut weh beim Atmen.« In der Tat keuchte Stone, während er sprach. Er atmete pfeifend.
Crockett schloß die Augen und massierte seinen Nasenrücken. Mit einem Schlag setzten fürchterliche Kopfschmerzen ein, als hätte ihn jemand mit dem Fleischklopfer auf den Kopf gehauen. »Stone – warum ich?«
»Ich bin auf dem Flugplatz von Managua, Crockers. Ich flippe aus hier, das sage ich dir. Ich habe nach dem ersten Flug aus diesem verdammten Höllenloch gefragt, und der Mann sagt: ›Miami‹ und ich sage: ›Hier ist das Geld!‹, weil ich unbedingt hier raus muß, weil ich glaube, daß sie hinter mir her sind, verstehst du? Und ich sage mir: ›Ira, Junge, du brauchst einen Profi, der dich beschützt‹, verstehst du, und der erste Name, der mir dabei einfällt, ist –«
»Laß mich raten!« unterbrach Crockett ihn.
»Jedenfalls saß ich noch vor zwei Stunden in Ascensión fest und hatte Angst, erschossen zu werden, und –«
Crockett fiel ihm ins Wort. »Ascensión?«
»Ja, ja! Irgendwo im Nirgendwo. Ascensión. Wie Neil Diamond immer gesungen hat – *Everybody Knows This Is Nowhere?* Genau so. Auf keiner Karte, die man irgendwo an einer Tankstelle kaufen kann. Wir landeten in Ascensión, weil uns da die Sandinisten nicht rausschmissen. Die haben vermutlich unsere billige Kamera gesehen und gedacht, daß es nicht der Mühe wert ist.«
Jetzt kamen die Teile des Puzzles in Crocketts Kopf zusammen und ergaben ein Bild. »Du bist nach *Nicaragua* gegangen, als du Miami verlassen hast?« fragte er leicht geschockt. Ihm war nicht klar gewesen, daß Stone so völlig wiederhergestellt war.
»Du mußt mich am Flughafen von Miami abholen!« sagte

Stone. »Diesmal ist die Geschichte so heiß, daß sie mich vielleicht deswegen umlegen. Mehr kann ich nicht sagen.«
Crocketts Kopfschmerzen hatten sich jetzt voll entfaltet. Stone war wieder unterwegs. Wieder litt er unter Verfolgungswahn. Wieder arbeitete er an einer großen Geschichte.
»Halt, einen Augenblick, Ira, ich kann nicht einfach –«
»Ja, ja, das kannst du mir alles persönlich sagen. Ich muß jetzt ins Flugzeug, denn wenn ich es verpasse, bin ich ein toter Mann! Bis später! Laß mich nicht im Stich, Mann!«
Crockett stellte fest, daß seine Proteste in einer toten Leitung verhallten. Warum hatte er denn Stone all die Male zuvor geholfen, wenn er ihm jetzt den Rücken zukehrte? Er war fast angewidert davon, daß Stone immer und immer dieselbe Masche anwenden konnte und irgendwie immer sicher sein durfte, daß der gute alte Sonny »Crockers« für ihn da sein würde.
»Du weißt es noch nicht, Stone«, murmelte er vor sich hin, »aber du bist schon ein toter Mann.«

Als er am internationalen Flughafen von Miami ankam, stand schon eine lange Reihe von Passagieren aus Stones Flug am Zoll, denn das Flugzeug war früher als vorgesehen gelandet. Auch auf der US-Seite wartete eine große Menschenmenge. Jeder reckte den Hals und versuchte, über alle anderen hinwegzusehen.
Ira Stone war sicherlich der schmuddeligste Passagier, der das Flugzeug verließ. Blinzelnd stolperte er aus dem Tageslicht in die Düsternis des Flughafens, unter dem Arm trug er einen kleinen Fotokoffer. Seine Kleidung war schmierig und formlos. Er ging langsam und vorsichtig, als habe er Angst, daß in ihm eine Wunde aufbreche. Auf der Stirn hatte er schmierige Streifen. Seine Handrücken waren schwarz vor Schmutz.

Die Zollhunde waren keineswegs wild darauf, an ihm zu schnüffeln.
Die Zollbeamtin war gute einsachtzig groß, hundertachtzig Pfund schwer, hatte dunkle Haare, einen bedrohlichen Schnurrbart, stahlharte Augen und war entschlossen, sich nichts gefallen zu lassen. Im Geiste hatte sie ihn schon in die Kategorie des nervösen, selbstbewußten Typs eingereiht, den sie gewöhnlich beim Schmuggeln von schmutzigen Magazinen oder von billigen Narkotika erwischte. Stone reichte ihr seine Ausweispapiere. Seine Augen hinter der dünnrandigen Stahlbrille hatten denselben besessenen Blick wie immer.
»Stone, Ira M.«, las die Beamtin laut vor. »Was wollten Sie in Nicaragua?«
»Ich bin Tourist!« gab Stone automatisch zurück, ohne sie anzuschauen. Er sah endlich Crockett, der sich der Absperrung näherte, so daß er Stone treffen konnte, sobald der Zoll mit ihm fertig war.
»Tourist!« wiederholte die Beamtin, ohne eine Miene zu verziehen. »Ein wundervolles Reiseland, Nicaragua!« Ihre Stimme triefte vor Sarkasmus. »Haben Sie etwas zu verzollen?«
»Nein!« Seine Antwort kam schnell, zu schnell.
Er winkte Crockett kurz mit der Hand zu. Crockett zuckte zusammen. *Der Mann, dem im Flughafen ein Penner zuwinkt.*
»Öffnen Sie bitte Ihre Tasche!« Der Klang ihrer Stimme ließ erkennen, daß sie die Absicht hatte, besonders gründlich zu sein.
Crockett sah das kommen, hielt seine Polizeimarke hoch, zwängte sich zwischen die Zollbeamten und ging dorthin, wo Stone stand.
Stone öffnete den Reißverschluß seiner Kameratasche. Inmitten einer Menge Videokassetten lag eine Videokamera.

»Videos von meinem Urlaub!« behauptete er lahm.
Die Zollbeamtin hatte gefunden, was sie suchte. Diese kleinen Mistkerle lernten doch nie dazu. »Ich muß diese Gegenstände zurückbehalten, bis sie geprüft worden sind.«
»Das können Sie nicht tun!« sagte Stone, der jetzt gereizt war. Diplomatie war nicht seine starke Seite.
»Das wird vier Tage dauern. Wir müssen nachprüfen, ob ein Copyright verletzt wurde. Raubkassetten. Pornographie. Es ist illegal, dergleichen ins Land zu bringen.«
Fast hätte Stone nach seiner Tasche gegriffen, dann besann er sich eines Besseren. »Zum Teufel . . . ich rieche hier irgendwo den großen Bruder, Lady!« Er benutzte den Begriff *Lady,* ohne weiter darüber nachzudenken.
»Nein, Mr. Stone, das einzige, was hier riecht, das sind Sie selbst. Gehen Sie bitte weiter. Sie können jetzt irgendwo ein Bad nehmen!« Sie reichte ihm eine Broschüre, die die Aufschrift trug: RICHTLINIEN FÜR DIE FREIGABE AUDIOVISUELLEN MATERIALS.
Gerade wollte Stone zu schreien beginnen und eine Szene machen, da tippte Crockett der Zollbeamtin auf die Schulter und zeigte ihr rasch seine Polizeimarke. »Miami Vice! Ich übernehme die Verantwortung für diese Bänder, wenn Sie gestatten.«
Die Zollbeamtin beäugte Stone. Es mußte um Pornofilme gehen, da war sie sich jetzt ganz sicher.
Crockett hatte keine Mühe zu lesen, was ihr im Gesicht geschrieben stand. »Wahrscheinlich sind das hier solche Titel wie ›*Der fröhliche Fritz zeigt, was er hat*‹, ›*Die strenge Susi läßt die Peitsche sausen*‹, ›*Ein Urlaub unter harten Männern*‹. Wenn wir diesen Burschen vor Gericht stellen, dann werde ich darauf achten, daß Ihnen die gebührende Anerkennung zuteil wird.« Dann fügte er mit hinterlistigem Lä-

cheln hinzu: »Ich glaube, ich lege ihm besser Handschellen an, für alle Fälle.«

Stone schäumte vor Wut und wurde puterrot. Alle Leute starrten ihn an. Aber er wußte, was gut für ihn war, und ließ sich die Handschellen anlegen. Die Schultertasche mit der Ausrüstung – und sämtlichen Videokassetten – trug Crockett, während er ihn hinausbegleitete.

»Und ich freue mich auch mächtig, dich zu sehen, Schätzchen!« frotzelte er und spürte dabei, daß sich Hunderte von Blicken in seinen Rücken bohrten.

Crockett nahm ihm die Handschellen ab, noch bevor sie den Flughafen ganz verlassen hatten. »Ich wünschte, ich könnte dasselbe sagen. Ira – manchmal erschöpfst du mich wirklich . . .« Er stellte fest, daß es ihm unmöglich war, das Ausmaß seines Ärgers in Worte zu fassen, und begnügte sich mit finsteren Blicken.

»Komm schon, *Crockers*«, sagte Stone und benutzte dabei den kumpelhaften Ton, der ihm schon so oft geholfen hatte. »Diesmal ist die Sache es wert!«

»Ich glaube, die tollste Geschichte, mit der du Schlagzeilen machen kannst, ist ein neuer Weltrekord im Ungewaschensein. Ich sollte am besten gleich die Redaktion vom *Guinness-Buch der Rekorde* anrufen . . .«

»Sehr komisch!« Sie waren jetzt draußen auf dem Parkplatz, und Crockett holte den Schlüssel zu seinem Comet hervor. Stone trat drei Schritte zurück vor Erstaunen. »Sag mal, wo ist denn der Ferrari?«

Er drehte sich um und sah Crocketts wütenden Blick. »Wer selbst nichts hat, der darf nicht wählerisch sein – steig ein oder geh zu Fuß!« Crockett hatte sich zu Stone gewandt, aber plötzlich richtete sich seine Aufmerksamkeit auf einen Punkt hinter dem Journalisten, irgendwo in einiger Entfernung an den Flughafentüren.

Stone hatte die Tür des Wagens geöffnet. Er ließ die Videoausrüstung auf den Rücksitz zwischen die Löcher in der Polsterung fallen. Staub und Schaumstoffetzen flogen hoch.
Crockett schlug die Tür auf seiner Seite zu. Zweimal. Sie schloß nicht immer richtig. »Stone – könnte es irgendeinen Grund dafür geben, daß jemand dir folgt?«
Stone schaute sich ziemlich nervös um. »Dafür gibt's viele Gründe!«
Crockett legte den Gang ein. »Dann wollen wir sehen, daß wir hier wegkommen. Dahinten sind zwei Zivilfahnder, die es auf dich abgesehen haben, und Funkgeräte haben sie auch. Was hast du denn bei dir, was so wichtig ist?«
Stone schaute sich noch immer nach den Verfolgern um, aber er konnte nicht widerstehen, Crockett mitzuteilen, um was es ging: »Was hältst du von Videoaufnahmen von US-Truppen, die in Nicaragua kämpfen?«

12

Stone hatte die »St. Vitus Dance« oft genug gesehen, aber heute kam ihm alles verdächtig vor. Er beäugte das Boot nervös. »Glaubst du, daß es hier sicher ist?«
Wie als Antwort auf die Frage nach der Sicherheit des Bootes schob Elvis seinen schuppigen Amphibienleib aus der Kabine ins Sonnenlicht. Elvis fand Stones Geruch in Ordnung, und der vertraute Geruch von Crockett brachte freudige Lichter in seine von LSD benebelten Schlitzaugen. Für seine Pflichten als Wachmann durfte er mindestens einen weiteren tiefgefrorenen Barsch erwarten.
Crockett hatte es satt. Er wußte, daß Castillo es ihm übelnehmen würde, wenn er seinen Dienst ohne stichhaltige

Entschuldigung vernachlässigte. »Ira – wenn es dir nicht paßt, dann verschwinde. Den Ärger kann ich mir sparen.«
Stone trat den Rückzug an. »Tut mir leid. Ich meine, du hast mir schon zweimal das Leben gerettet. Da gehört es sich doch, daß ich dir wenigstens mal zeige, was mich reich und berühmt machen wird. Dann kannst du auch verstehen, warum ich vielleicht Schutz brauche.«
»Da wär ich nicht so sicher!« Crockett holte zwei Dosen aus seinem Vorrat an mexikanischem Bier. »Wenn du mir dieses Zeug zeigst, werden wir dann wieder beschossen? Spielst du ausnahmsweise mal mit offenen Karten gegenüber Leuten wie mir, die du so gerne Freunde nennst, Stone?«
»Wo ist dein Fernseher?« Er hatte eine Kassette mit der Aufschrift »US« in seine Kamera gesteckt. »Ich werde das hier einstöpseln, und du bist der erste, der diese historischen Aufnahmen sieht.«
»Der Fernseher ist eingebaut. Er hat keine Anschlußbuchsen.«
»Na, schon wieder ein Fehlschlag. Komm! Ich lasse den Film in der Kamera laufen, und du kannst ihn durch den Sucher sehen. Hier –« er wühlte in seiner Tasche herum und zog einen kleinen Kopfhörer heraus. »Das ist für den Ton!«
Crockett verdrehte die Augen. Was noch? Dann folgte er den Anweisungen von Stone, preßte sein Auge gegen den Gummirand des Suchers und griff nach dem Kopfhörer. Der war mit gelber Schmiere bedeckt. »Wirklich abstoßend!« sagte er, während er ihn an seinem Hemd abwischte.
»Das ist Ascensión!« sagte Stone und drückte auf den Playback-Knopf.
Die Vorstellung war ziemlich miserabel. Die Aufnahmen waren schwarzweiß. Grobkörnig. Das Bild hüpfte beständig. Alles, was da aufgenommen war, war aus der Hand gefilmt worden. »Ich traf diesen Kriegsfotografen, sein

Name war Arthur Eaton. Er hat in Vietnam gearbeitet; im *Life Magazin* waren ein paar Aufnahmen von ihm. Erfahrener Bursche. Er ist derjenige, der die Aufnahmen gemacht hat!«

Crockett ließ die Kamera sinken. »Stone, auf diesem kleinen Bild kann ich überhaupt nicht sehen, was da los ist . . .«

»Guck weiter, guck weiter. Es wird besser.«

Crockett versuchte es erneut. Jetzt sah er ein verwackeltes Bild von Stone, der in einiger Entfernung stand, eine Baseball-Kappe und einen Kampfanzug trug und mit der Hand winkte, näher zu kommen. Schnitt. Dann: Eine Menge uniformierter Sandinisten stand auf einem friedlichen Dorfplatz herum. Der blecherne Ton setzte mit dem schrillen Kreischen von Mörserbeschuß ein.

»Beschuß!« schreit einer der Soldaten, und die Dorfbewohner, die Strohhüte tragen, rennen herbei, um alles und jeden in Sicherheit zu bringen, dessen sie habhaft werden können. Eine Mutter treibt ihr Kind vor sich her, wobei sie Spanisch redet, was man aber wegen der ersten Explosionen nicht verstehen kann. Das Bild wird ausgeblendet. Herabfallende Trümmer. Rauch und aufgewirbelter Staub. Weitere Schüsse, weitere Explosionen.

Crockett dachte an die vietnamesischen Dorfbewohner in ihren mit Reisstroh gedeckten Hütten, die darauf warteten, von einer pfeifenden Salve aus einer amerikanischen Achtundachtzig getroffen zu werden. Und wenn das noch nicht das Ende war, so gab es da immer noch die Feuerreiter, die gerne mit ihren Flammenwerfern aufräumten.

Ziemlich nahe bei Arts Standort schreit ein Sandinista, daß von Süden her eine große Anzahl von Contrarebellen komme. Er ruft es auf spanisch, und Crockett übersetzt es ganz automatisch. Die Contras schwärmen aus den Feldern, springen über Leichen und füllen rasch den ganzen Platz aus.

In dem entstehenden Niemandsland sind ein paar Dorfbewohner eingeschlossen. Einige werfen sich zu Boden, die meisten sterben im Kugelhagel der eigenen Leute und des Feindes. Die Contras löschen das Dorf aus und haben ihren Spaß dabei. Das Bild hüpft. Stone schreit, man solle sich beeilen. Stone und Art sind auf dem Rückzug, drücken sich an eine Ladenfront, um nicht durchlöchert zu werden. Das Bild springt und hüpft beständig.
Einer der Contras schreit: »Vince, paß auf – links!«
Vince dreht sich um und gibt einen Feuerstoß aus einem amerikanischen Automatikgewehr ab, das mit Explosionsgeschossen geladen ist.
»Leg den Bohnenfresser unter dem Chevy um!«
Vince – mit Bart, aber entschieden nordamerikanischer Herkunft – gehorcht. Sein Opfer stirbt mit einem Schrei. Bildwechsel. Ein Priester ist aus einer Kirche herausgerannt, um einige Kinder ins Innere zu bringen.
Vince durchlöchert den Priester, während die Kinder jammernd in die Kirche flüchten. Der Priester fällt tot zu Boden, in einer Haltung, die der des Gekreuzigten gleicht.
Die Stimme von Stone: »Hast du das drauf?«
Art: »Mein Gott. Ja. Das war sauber.« In seiner Stimme ist Schock zu erkennen, aber keineswegs Erstaunen.
Das Bild wackelt, bleibt dann bei einem weiteren nordamerikanischen »Contra« stehen, der seine Waffe direkt auf die Kamera richtet. Man sieht das Mündungsfeuer von Schüssen, die man aber in dem allgemeinen Chaos nicht hört. Art keucht, und die Kamera schwenkt gen Himmel, in die Sonne. Die Bilder verschwimmen, nur eine Lichtspur bleibt.
Stone: »Art? O mein Gott ...«
Die Kamera wackelt wieder, als sie aus Arts Totenhand genommen wird. Undeutliche Flecke. Die Flecke werden grün, als erneut Feuerstöße zu hören sind. Stone rennt in den

Wald, wobei er die Kamera an sich drückt, die abzustellen er vergessen hat.
Jetzt drang Stones Stimme in der Realität zu Crockett: »Sie haben den Priester umgebracht. Sie haben Art getötet, und sie wollten mich töten. Und es sind Amerikaner, Crockers, *Amerikaner.*«
»Richtig. Amerikanische Truppen, die illegal in Nicaragua kämpfen. Sie haben deinen Kameramann erschossen, und du bist um dein Leben gerannt?«
Atemlos, als hätte er gerade das wirkliche Ereignis erlebt, nickte Stone. »Ich wollte nicht stehenbleiben, damit sie mit mir Scheibenschießen veranstalteten.«
Crockett stellte die Videoausrüstung wieder auf den Tisch. »Das nehm ich dir nicht ab. Die hätten dich umgelegt, bevor du auch nur fünfzig Schritte gelaufen wärst.«
»So ist's aber gewesen. Was soll ich dir sagen? Es gibt immer Zufälle. Also lebe ich, und das ist ein Zufall!«
»Ja, kann sein, daß es sich ereignet hat, schon gut – aber dann nur, weil du es inszeniert hast. Jeder Pressedienst der Welt hat Reporter in Nicaragua. Das ist seit vielen Jahren ein Krisenherd, nicht wahr? Aber Ira Stone liefert einen Exklusivbericht. Mit einer Amateurkamera. Weil alles gefälscht ist.«
»Wenn es eine Fälschung ist«, fragte Stone indigniert, »warum waren dann die beiden Bullen am Flugplatz hinter mir her?«
Crockett dachte darüber nach. »Vielleicht waren sie ja gar nicht hinter dir her. Vielleicht hast du mich ja mit deiner blühenden Phantasie angesteckt. Aber das heißt nicht, daß ich das hier glaube. Ist das der *Mist*, dessentwegen du dich so aufgeregt hast?«
»Mist?« Stone setzte ein empörtes Gesicht auf. Es wirkte allmählich ein wenig abgenutzt. »Das ist stark. Mehr als stark.

Erinnerst du dich daran, als Nixon heimlich entschied, Kambodscha bombardieren zu lassen? Wie die Öffentlichkeit aufschrie? Das hier ist schlimmer. Sie würden mich umlegen, um mich zum Schweigen zu bringen.«
»O ja. Die berühmten ›Sie‹ mit großem ›S‹.« Crockett nahm einen Schluck von seinem Bier, das einzig Angenehme, das ihm an diesem Nachmittag begegnet war. »Du bist ein Amerikaner. Hier gibt es Redefreiheit. Der erste Zusatzartikel zur Verfassung. Niemand wird auf dich schießen. Also, geh los und verkauf deine Geschichte.«
»Also, ich . . .« stotterte Stone, und Crockett fühlte, daß Stone einen neuen Anschlag auf ihn vorhatte. »Ich muß mich verstecken. Auf deinem Boot!«
Crockett schüttelte heftig den Kopf. Das kam nicht in Frage.
»Na, das ist ja toll.« Stone versuchte, den Eindruck zu erwecken, er sei schwer gekränkt. »Hab ich dir in Vietnam jemals etwas abgeschlagen?«
»Mit diesem Trick kommst du bei mir nicht noch mal durch, Ira. Du und ich, wir sind quitt. Ich habe alle meine Schulden bezahlt.« Er machte eine Pause. Dann sagte er voller Schuldgefühl: »Du kannst aber nur *eine Nacht* bleiben!«
Stones Gesicht erhellte sich. Das war ein Anfang.
». . . und jetzt wirst du mir erzählen, warum du wirklich in Miami bist.«
Er nickte. »Du bist gerissen, Crockers, wirklich gerissen. Mein Ruf in New York ist nicht so blendend. Deshalb brauche ich einen Sender hier, der bei einem Verkauf an die großen Fernsehstationen als Vermittler dienen kann.«
Sarkastisch meinte Crockett: »Na so was, ich frage mich bloß, wieso die dir nicht trauen!«
»Das mit dem Schutz habe ich ehrlich gemeint, Mann. Ich schwöre es dir. Ich werde morgen mittag meine Kassette abliefern, und dann verschwinde ich von hier.«

Crockett wandte den Blick von ihm ab, um sich eine neue Lucky anzuzünden. »Du hast Glück, daß ich nicht im Falschspielerdezernat bin. Ich kann es einfach nicht glauben, daß ich auf solch dumme Tricks hereinfalle.«

»Gut, gut, du hast ja recht, wie immer!« Stone hatte erreicht, was er wollte, und jetzt war er bereit, in allem nachzugeben. Er setzte sich auf einen Liegestuhl und streckte sich aus, wobei er vorsichtig Elvis im Auge behielt. Der drei Meter lange Alligator untersuchte Stone, indem er ihn beschnüffelte. Stone hatte nichts zu essen bei sich, deshalb nahm er im Augenblick weiter keine Notiz von ihm.

»Oh, ich bin wirklich völlig mit den Nerven am Ende nach diesem Tag, Crockers. Hast du nicht ein bißchen Stoff von einer Razzia oder so was, du verstehst, vielleicht liegt hier irgendwo was herum?« Stone sprach im Flüsterton, so als wären sie beide Halbwüchsige, die in irgendeinem Schulklo an einem Joint zogen. »Ich muß mich wirklich ein bißchen entspannen.«

Crockett warf seine Zigarette hinaus ins Meer. Vorbeifliegende Möwen betrachteten sie neugierig. Eine entschied, daß sie zur Not eßbar sei. Crockett ließ Stone allein auf Deck zurück und ging nach unten, um sich auf sein Bett zu werfen, dessen Bettwäsche dringlich gewechselt werden mußte. Die Luft im Raum war dumpf und abgestanden. Er warf einen Blick auf seinen Radiowecker. Es war noch ein großer Teil des Tages übrig. Ein kleiner Triumph: Elvis hatte seit fast sechs Monaten keine von Sonnys Uhren mehr verschlungen. Zumindest der Alligatorteil der Besatzung der »St. Vitus Dance« schien zufrieden.

Er wußte ganz automatisch, wie Stone sein Spiel spielen würde. Er würde einen Sender anrufen, dort erzählen, daß er Angebote von zwei Konkurrenten habe, und dann würde er sein Bestes tun, um in den vierundzwanzig Stunden, die

ihm zur Verfügung standen, den Preis in die Höhe zu treiben. Das war Stones übliches Vorgehen.
Er entschied sich, einen Blick in sein Büro zu werfen, um nicht den ganzen Tag zu verlieren. Stones Anwesenheit empfand er derzeit als lästig. Er hatte starke emotionale Bindungen an diesen Burschen; sie hatten ziemlich viel zusammen durchgemacht. Jetzt hatte er das Gefühl, daß Stone ihn einfach ausnutzte. Er fragte sich wieder, ob Stone nicht in Wirklichkeit tot war und dies da nur ein Geist, gekommen, um ihn zu quälen.

»*Stone?*« Tubbs' Gesichtsausdruck spiegelte seine Verblüffung. »Du meinst *Ira Stone*? Mister Grundehrlich? Dessen Wort so zuverlässig ist wie der Wetterbericht? *Der* Ira Stone?«
»Schon gut!« brummte Crockett. »Jetzt ist's genug.« Es war klar, daß Tubbs darauf wartete, diesen Wahnsinn erklärt zu bekommen. »Schon gut!« sagte er, wobei er unbehaglich seufzte. »Der Bursche ruft mich an, macht sich in irgendeiner Bananenrepublik vor Angst fast in die Hosen, bittet um mein persönliches Geleit . . . zum Teufel, was sollte ich da machen, Rico?«
Tubbs hatte keine angenehmen Erinnerungen an Stone. »Du hättest auflegen sollen!« Er und Sonny wären vor gar nicht so langer Zeit fast hoppsgegangen, dank Ira Stone und seiner großen Geschichte, die dann völlig danebenging.
Crockett war zerknirscht. »Ich denke, es ist ja nur für einen Tag . . .«
»Und eine denkwürdige Nacht!« schnaubte Tubbs. »Uh-hu, mein Freund, du bist geliefert. ›Loyalität‹, so heißt deine Sucht, und Stone ist der Stoff, an dem du dich berauschst. Ich wette drauf, daß er dich wieder an Vietnam erinnert hat, um dich bei der Stange zu halten. Sag mir, daß ich unrecht habe!«

Crockett gab zu, daß es so war, wie Tubbs gesagt hatte. »Er hat eine neue Geschichte. Amerikanische Soldaten in Nicaragua. Alles zusammengelogen!«
»Ja! Und wenn du denkst, daß er morgen fort sein wird, dann habe ich noch eine andere freudige Nachricht für dich – ich habe gerade gesehen, wie Castillo gelächelt hat.«
»Castillo . . .« Crockett fiel plötzlich und schmerzhaft der beleidigende Zustand seines Transportmittels ein und daß er die Absicht gehabt hatte, Castillo dazu zu bringen, etwas Neues für ihn zu finden, in dem er herumfahren konnte, und zwar schnell. Dienstvorschriften und die eingefahrene Bürokratie hatten ihn für mehr als anderthalb Monate hinter das Steuer des klapprigen Chevy verbannt. Dieser Teil seiner Tarnung konnte wohl kaum »offiziell gebilligt« genannt werden. Und Crockett konnte sich unmöglich bei einem Deal, bei dem es um sechsstellige Summen ging, in einem solchen Schrottwagen zeigen.
Crockett sprang aus seinem Stuhl hoch und stellte sich Castillo in den Weg, sobald der Lieutenant das Büro betrat.
»Also, Lieutenant, ich –« Er wollte sich gerade mit einem Redeschwall auf ihn stürzen wie ein Staubsaugervertreter auf eine unschlüssige Hausfrau, als Castillo die Hand hob, um ihn zum Schweigen zu bringen.
Sekundenlang sah ihn der Lieutenant mit seinem eigentümlichen Blick an, für den er bekannt war. Dann schüttelte er den Kopf und gab damit zu verstehen, daß er Besseres zu tun hatte, als sich seine Klagen anzuhören. Aus seiner Schreibtischschublade zog er einen Schlüsselbund und warf ihn Crockett zu, der ihn mit einer Hand auffing.
»Die Bruner-Razzia fand statt, während Sie nicht im Dienst waren. Bruner hat es ziemlich bös erwischt. Wir haben gerade die Papiere für die Beschlagnahme erhalten.«
Seine dunklen, unergründlichen Augen wiesen zur Tür hin.

»Der Wagen steht dahinten!«
Crockett schlenderte hinaus, ohne sich allzuviel Hoffnung zu machen. Er erwartete einen tiefliegenden Chevy oder einen Müllwagen. Was er sah, ließ ihm die Kinnlade herunterfallen. Seine Stimme versagte – aber diesmal aus kindlicher Freude, nicht vor Schreck.
Auf ihn wartete ein schneeweißer Ferrari Testarossa, neu lackiert, mit neuen Ledersitzen, neuen Reifen, mit 380-PS-Motor, der den Wagen in Sekundenschnelle auf seine Höchstgeschwindigkeit von 270 km brachte. Crockett fühlte, wie sein Herz schneller schlug, sobald er nur auf dieses wundervolle Auto schaute.
Hinter sich hörte er Tubbs' Stimme, der mit gespielter Ernsthaftigkeit erklärte: »Ja, das ist er. Nur ein netter kleiner Käfer, nichts Besonderes. Die absolut notwendige Grundausstattung für jede Art ernsthafter Polizeiarbeit.«
Crockett grinste. »Möchtes du mal mit mir fahren, Kleiner?«

13

Bereitwillig raste der Testarossa über die Straßen von Miami, bis es dunkel wurde. Die Fahrt mit diesem Wagen schien Crockett neue Lebenskräfte zu geben. In letzter Zeit hatte er ziellos gewirkt, irgendwie ausgebrannt, mit intaktem Gehirn, aber beschädigtem Navigationssystem. Tubbs hatte das gefühlt und gespürt, daß Crockett dringend ein Heilmittel dagegen brauchte. Es war ihm durchaus bewußt, daß Partner im Zustand tief depressiver Gehirnsperre nicht die allerzuverlässigste Unterstützung boten. Crockett wollte den Comet anzünden und ihn wie bei einem Wikingerbegräbnis ins Meer stoßen, aber örtliche Vorschriften konnten sogar Polizisten zum Hindernis werden. Er entschloß sich

schließlich zu Schnaps und Bier auf seine Rechnung in einer Strandkneipe mit Namen *El Brujo,* die er gerne besuchte. Beim vierten Bier, dem ein fünfter Schnaps gefolgt war, hatte Tubbs Crockett dazu gebracht, fünfzig Dollar als Wetteinsatz auf den Tisch zu legen. Tubbs wollte darauf wetten, daß Ira Stone immer noch auf der »St. Vitus Dance« hauste.
»Nein«, meinte Crockett, allerdings ein wenig unsicher, »ein Tag ist jetzt vorbei. Er ist *nicht* da.«
»Er ist da. Glaub's mir.« Tubbs lächelte, seine Zähne glänzten wie Perlen, seine Augen glitzerten vor Schadenfreude.
»Er ist nicht da!« Crockett ließ sich das Telefon über die Bar reichen und wählte seine Nummer. Nachdem es zehnmal geläutet hatte, legte er den Hörer auf. »Siehst du! Ich hab's dir ja gesagt!«
»Das hat nichts zu bedeuten«, meinte Tubbs und benutzte dabei unbewußt eine von Crocketts ständigen Redewendungen aus der Vietnamzeit. »Wir müssen uns wohl selbst davon überzeugen.«
»Oh.« *Das war verdammt geschickt. Sich zu betrinken war also nicht das Ziel des Abends gewesen.* Crockett warf einige Scheine auf den Tisch, um die Rechnung zu bezahlen, und erhob sich. »Wie ich schon sagte: Geht alles auf meine Rechnung. Und im übrigen werde ich auf jeden Fall alles zurückgewinnen.«
»Träum weiter, Träumer, träum weiter.« Zu den Gästen des *El Brujo* gewandt, stellte er Crockett vor: »Ein *Narr.* Ist gerade dabei, sein *Geld* loszuwerden.«
Einige von denen, die da standen und tranken, applaudierten ihrem Abgang.
Sie stellten fest, daß die Kabinenbeleuchtung der »St. Vitus Dance« immer noch brannte.
»Also, *das* hat überhaupt nichts zu bedeuten!« meinte Crockett. »Stone ist schon immer schlampig gewesen; er hat

einfach das Licht angelassen. Ist ja schließlich nicht seine Elektrizitätsrechnung, nicht wahr?« Er veranlaßte Tubbs, langsamer zu gehen. Sie hatten die Mole zur Hälfte hinter sich. »Es gibt da natürlich noch eine ganz andere Möglichkeit . . .«

Sie brauchten einander nicht einmal anzusehen. Crockett zog seine Bren aus dem Holster; Tubbs holte seinen 38er Revolver aus dem Wadenholster. Crockett machte ein paar Zeichen mit der Hand. Er würde sich die Vorderseite des Bootes gegenüber der Kabinentür vornehmen. Tubbs sollte von hinten herankommen.

Elvis lag auf Deck und schnarchte. Das war ein gutes Zeichen . . . falls der Eindringling nicht den Alligator durch Drogen betäubt hatte . . .

In der Kabine bewegte sich etwas. Ein Schatten huschte an einem der runden Bullaugen vorbei.

Crockett ließ den breiten Sperriegel der Bren zurückschnappen und schob sich die Treppe hinunter. Die »St. Vitus Dance« bewegte sich nicht. Und als eine Gestalt in der Kajütentür erschien, richtete er die Bren auf sie. Der erste Schuß würde genau zwischen die Augen gehen.

»Hoppla – he, nicht schießen!« schrie Stone mit erhobenen Händen. »Frieden!«

Tubbs lachte schon. Aus der Dunkelheit auf der anderen Seite des Bootes her hörte man ihn rufen: »Her mit den fünfzig Scheinen, Sonny. Die kommen jetzt aus deiner Tasche in meine.« Sein typisches helles Lachen hallte über die Bucht. Daß er sich getäuscht hatte, Geld verloren hatte und Stone immer noch da war, das alles zusammen wirkte auf Crockett wie ein großes rotes Tuch. »Stone . . . was zum Teufel treibst du denn noch immer hier?« Der Zorn erstickte seine Worte fast. Auf seinen Schläfen pulsierten kleine Adern. Vielleicht sollte er Stone erschießen und ihn in die

Bucht werfen – damit würde er der Welt einen Gefallen tun.
Stone war betrunken. Crockett sah die halbleere Flasche Black Jack auf dem Kombüsentisch. Auch noch *sein* Whiskey.
»Also wirklich . . . Crockers, Junge . . . du solltest dich niemals einer Gefechtsstellung nähern, ohne die Losung zu nennen, Kumpel . . .«
Wortlos legte Crockett Stone die Hand auf die Brust und gab ihm einen Schubs. Der Journalist flog der Länge nach aufs Deck und war mit einem Schlag nüchtern.
»Wir haben ziemliche Probleme«, sagte er so rasch, als bedrohe ihn jemand mit der Folter, »heute hat man auf mich geschossen. Bei WXRT – dem Fernsehsender, zu dem ich gegangen bin, um die Kassette zu verkaufen.«
Tubbs hatte längst aufgehört, sich über Crocketts Niederlage lustig zu machen, und kam näher. Er war ein wenig enttäuscht, als er sah, wie Crocketts Ärger sich in Luft auflöste und er wieder anfing, sich Sorgen zu machen. Würde er denn *nie* aufhören, auf Ira Stones Geschichten hereinzufallen?
Stone blieb auf dem Boden und saß mit gekreuzten Beinen da, während sich Crockett vor ihm niederhockte, um die ganze Geschichte zu hören. »So ist es besser!« sagte er. »Ich will mich nicht so offen draußen zeigen. Du solltest wirklich mal die Bettwäsche wechseln, Mann! Bringst du etwa auch Frauen hierher?«
»Stone . . .!«
»In Ordnung, ich rede ja schon. Ich rufe diesen Burschen beim WXRT an – er sagt, er heißt Rolando Lujan und ist der Nachrichtenredakteur. Er bietet mir 25.000 $ an, und ich merke, daß ich den Preis nicht höhertreiben kann, ohne selbst in Erscheinung zu treten. Er besteht darauf, Mann. Da

hätte ich gleich was riechen müssen. Ich rede also mit der Empfangsdame. Der gefalle ich. Also wird das Gespräch immer interessanter, verstehst du, und ich kann hinter ihr all diese Schwarzweißmonitore sehen, die die Gänge überwachen . . . und durch einen Flur kommen die beiden Burschen, die ich am Flugplatz gesehen habe. Die, die uns gefolgt sind. Und der eine von ihnen hat eine Pistole mit einem Schalldämpfer. Der gehört auch nicht zur üblichen Polizeiausrüstung, meinst du nicht auch?«

In Stones hastig heruntergespultem Bericht gab es tausend Löcher, aber Crockett wollte nicht weiter darauf eingehen, bis er die ganze Geschichte kannte.

»Sie sind hinter mir her. Ich weiß es, denn sie verfolgen mich. Und der eine, dieser Bursche, der wie ein Irish Setter mit rötlichen Haaren und Kurzhaarschnitt aussieht, schießt auf mich – und der Schuß geht unter der Achselhöhle durch meinen Jackenärmel.« Er zeigte Crockett und Tubbs das Loch. »Was für ein Glück, daß ich meine Klamotten immer eine Nummer zu groß kaufe.«

»Was hat dich auf die Idee gebracht, diese Burschen könnten Polizisten sein?« fragte Crockett.

»Vorausgesetzt, da war überhaupt irgend jemand!« fügte Tubbs feindselig hinzu.

»Sie haben gerufen: ›Halt, Polizei!‹«

»Und du bist natürlich weitergerannt!«

»Was erwartest du von mir? Ich habe eine angeborene Abneigung gegen Autoritätsfiguren mit Pistolen. Ihr könnt mich ja anzeigen. Sonny – sie *wußten*, daß ich zum WXRT kommen würde. Aber sie wissen nicht, daß ich hier bin. Das bedeutet, daß sie jeden Sender in der Stadt überwachen, nur um mich in die Hand zu bekommen. Meine Kassette ist eine ganz *heiße* Sache, Mann. Und ich brauche deine Hilfe, um sie irgendwo abzuliefern.«

»Da täuschst du dich!« gab Crockett zurück. »Ich habe nichts mehr mit der Sache zu tun. Ich weiß nicht, was du vorhast, und ich *will* es auch gar nicht wissen, verstehst du?«
»Ja, ja, schon gut, ein richtiger Patriot. Da brauche ich mich dann ja auch wohl nicht zu bedanken.« Stone war wieder ganz der alte: höhnisch, hart, abwehrend. »Es ist ja auch viel einfacher, in deinem schicken Wagen herumzugondeln und Crackers hochzunehmen. Ist ja auch wirklich wichtig. Puh!«
»Versuch nicht, mich unter Druck zu setzen!«
»Mir bleibt nichts anderes übrig, Mann! Ich muß dich unter Druck setzen, bis ich dich wieder auf meiner Seite habe. Die Sache ist mir verdammt ernst. Willst du, daß sie diesmal in Mittelamerika Vietnam spielen? *Das ist eine versteckte amerikanische Intervention, Mann.* Die USA starten hier eine neue ›Polizeiaktion‹, und niemanden kümmert es – *darum* geht es bei dieser Kassette, und du weißt das auch . . . und jetzt kannst du mir sagen, daß es dir egal ist!«
»Du *täuschst* dich!« Crockett spuckte angewidert aus. »Du willst den Helden spielen, Stone – du denkst schon wieder an den Pulitzer-Preis, nicht wahr?«
Stone schien eingeschüchtert. »Hier wird *Geschichte* gemacht!«
»Du täuschst dich schon wieder. *Du* machst hier keine Geschichte mehr. Ab morgen früh ist dieses Hotel für dich geschlossen!«
Keiner von ihnen wußte, daß Stone schon unter Mordverdacht stand.

»Kommt dir das bekannt vor?« fragte Switek, der im Büro von Miami Vice am Computer saß. »Unterbrich mich, wenn dir etwas bekannt vorkommt!«

Erneut hatte Crockett Stone auf der »St. Vitus Dance« zurückgelassen und ihm strenge Anweisungen gegeben, endlich abzureisen. Wetten darauf, wie wahrscheinlich das war, nahm er nicht mehr an. Tubbs war früh ins Revier gekommen, und als Crockett sich zum Dienst meldete, wartete die vernichtende Anklage schon in grünen Leuchtbuchstaben auf Switeks Bildschirm.
Switek las es vor. Die Nachricht war nachts eingetroffen.

STONE, IRA M., WEISS, MÄNNLICH, ANFANG 40. GESUCHT IN VERBINDUNG MIT DER ERMORDUNG VON ARTHUR EATON, AMERIKANER, 43, IN MITTELAMERIKA, IN DER ZWEITEN OKTOBERWOCHE. EATON GAB SICH ALS KAMERAMANN AUS. BEIDE MÄNNER IN HEROINSCHMUGGEL VERWICKELT. STONE HÄLT SICH VERMUTLICH IN MIAMI AUF.

»Die Bundesbehörde hat gegen ihn einen Haftbefehl erlassen, Sonny!« sagte Switek, der sein bartloses Gesicht rieb. Das Jucken, unter dem er immer litt, wenn er sich den Bart abrasierte, machte ihn verrückt.
»Also, wo immer Stone sich herumtreibt«, sagte Tubbs vorsichtig, »bewegt er sich wieder mal auf sehr brüchigem Boden.«
Crockett gab Tubbs ein Zeichen, und die beiden zogen sich zu einer Konferenz in den Waschraum zurück. Hier waren sie nur für den Augenblick ungestört, man konnte nie wissen, wann ein anderer Beamter hereinkam.
»Ich bin ganz ruhig!« sagte Tubbs. »Aber ich weiß nicht, wie lange ich mich beherrschen kann.«
Crockett erklärte, wer Eaton war. Alles übrige wußte Tubbs schon.
»Er führt dich an der Nase herum, Mann!« sagte Tubbs

sanft. »Ich weiß, was dir der Bursche bedeutet. Aber jetzt mußt du ihn herbringen!«
»Es ist zu spät. Vermutlich ist er in der Zwischenzeit vom Boot verschwunden. Er hat sich aufgemacht, um seinen Knüller an irgendeinen anderen Sender an irgendeinem anderen Ort zu verkaufen.«
»Um deinetwillen hoffe ich, daß es so ist. Denn wir beide haben in ungefähr einer halben Stunde einen Gerichtstermin in einer alten Sache. Hast du diesmal Lust zu wetten?«
Crocketts Augen glitzerten gefährlich. »Fang nicht damit an, Mann. Nicht heute!«
Die Lichter in der Kabine der »St. Vitus Dance« brannten noch, als Crockett seinen neuen Testarossa auf dem Parkplatz, der mit dem Namen BURNETT gekennzeichnet war, auf Kyle O'Hallorans Pier abstellte. Er ließ die Schultern hängen. Das war jetzt der dritte Tag mit dem Killer-Journalisten. Wie hieß der Spruch über Fische und Gäste?
Elvis hatte einen Barsch aus dem Maul hängen und war eifrig damit beschäftigt, ihn zu zerteilen. Seine Tischmanieren besserten sich auch gar nicht.
Während Crockett das Deck betrat, sagte er: »Stone, du bist in ernsthaften Schwierigkeiten. Die Vorstellung ist vorbei. Es ist Zeit für dich zu packen und –«
Die Schubladen in der Kombüse und in der Kabine waren herausgerissen und durchwühlt worden. Crocketts Sachen lagen überall verstreut herum. Stone war nirgendwo zu sehen. Statt dessen stand da ein riesiger Mann in einem schlechtsitzenden billigen Anzug, der sich zu ihm herumdrehte und dabei eine Waffe unter seinem Ausverkaufsjackett hervorzog. Er lächelte nicht. Stones Beschreibung eines Burschen, der wie ein Irish Setter mit Kurzhaarschnitt aussah, paßte auf ihn.
Crockett war schneller. Sein Schnellfeuerholster klappte

auf, als er die Waffe zog und anlegte: Die Hand des »Irish Setters« steckte immer noch unter seiner Jacke.
»Hübsch langsam und vorsichtig«, sagte Crockett, der seine Waffe in Kampfstellung hielt. »Wenn Sie die Hand herausziehen und da ist irgend etwas drin, dann schieße ich Sie ab.«
Der hochgewachsene Mann zögerte ein wenig, dann entspannten sich seine Züge. »Sie müssen der berühmte James ›Sonny‹ Crockett sein. Nummer 88, der Football-Spieler.«
»Und Sie suchen in meiner Kabine wohl nach einer Autogrammpostkarte?« fragte Crockett, ohne die Waffe sinken und sich von der trügerischen Freundlichkeit des Mannes einlullen zu lassen. »Bewegen Sie sich nicht! Atmen Sie nicht. Wie die Ärzte sagen – das alles kann gefährlich für Ihre Gesundheit sein.«
»Ich bin nur wegen der Videokassette hier!« sagte der »Irish Setter« und ließ alle Verstellung fallen. Sein Gesicht war hart, wie in Granit gehauen, sein Benehmen völlig geschäftsmäßig.
»Wie wär's, wenn Sie mir Ihren Namen sagten!« Der Lauf der Bren schwankte nicht.
»Es genügt doch wohl, wenn ich sage, daß ich ein Neffe von Onkel Sam bin!«
Crockett streckte die Hand aus. »Dann hoffe ich in Ihrem eigenen Interesse, daß Sie einen Dienstausweis mit Bundesadler haben!«
Der Mann nickte und faßte dann vorsichtig und betont langsam in seine Tasche, um seinen Ausweis hervorzuholen. Crockett sah, wie seine Augen aufblitzen, als hätte er einen Ausweg gefunden . . . und er ahnte, daß der andere jetzt nach seiner Waffe greifen wollte.
Crockett ließ sich nach vorne fallen und boxte den Mann in den Magen. Der krümmte sich zusammen, schnappte nach

Luft, erholte sich aber rasch genug, um zu einer ernsthaften Bedrohung zu werden. Crockett konnte den auf ihn zukommenden wilden Schwinger abfangen und nutzte den Schwung des Mannes dazu aus, ihn gegen das nächste Bullauge zu schleudern. Das dicke Glas zerbrach, als es mit seinem Gesicht Bekanntschaft machte. Sein Schädel blieb in dem Loch stecken und begann, heftig zu bluten. Seine Beine ließen ihn im Stich. Einer seiner Zähne war auf Crocketts Kopfkissen gefallen. Mit angewidertem Lächeln wischte er ihn beiseite. »Wenn es das ist, was sie euch in Quantico beibringen, dann hat unsere Seite echte Probleme«. Er packte den Mann am Kragen und zog ihn aus dem zerbrochenen Bullauge. Der Mann blieb schlaff, ohne Bewußtsein, und lastete so schwer auf Crockett wie ein halber Ochse.
»Ihr tut wirklich eine ganze Menge, um zu beweisen, daß Stones schäbige Wahnsinnsgeschichte echt ist!« sagte er mehr zu sich selbst.
Er hatte alle Hände voll mit dem bewußtlosen Eindringling zu tun, als eine zweite Gestalt im Eingang zur Kajüte erschien.
»Hallo, Sie da, Detective«, sagte eine Stimme hinter ihm. »Wie wär's mit 'nem kleinen Stromstoß?«
Crockett ließ sein Opfer fallen und drehte sich um, wobei er nach der Bren griff. Diesmal war seine Hand zu langsam. Der Mann, der im Gang gewartet hatte, schoß ihn mit einer TASER-Pistole in die Brust. Er sah das verrückte weiße Plastikdesign der Waffe und die kleine Rauchwolke, die aufstieg, als das Elektrogeschoß auf ihn zuflog. Er verspürte einen Schmerz wie den Stich einer Biene, als es sich wie ein Angelhaken in seiner Brust festsetzte. Dann setzte ein Stromstoß von einigen tausend Volt Nummer 88 für den Rest des Abends außer Gefecht.

14

Das Läuten des Telefons wirkte auf ihn, als habe er einen Tiefflieger im Schädel, der sein Gehirn unter Beschuß nahm.
Aus seiner Bewußtlosigkeit erhob er sich viel zu schnell. Übelkeit überfiel ihn. Sein Funktelefon läutete erneut.
Früher hatte die Polizei TASER benutzt, was als Abkürzung für Thomas A. Swift Electronic Rifle stand. Dieses elektrische Gewehr des Mr. Swift war ein netter kleiner Scherz. Jetzt kam es ihm allerdings nicht besonders scherzhaft vor. Crockett fühlte sich wie ein glückloser Elektroschockpatient, dessen Betreuer die Apparatur zu hoch eingestellt haben. Er hatte das Gefühl, sein Körper wäre eine leere Batterie und sein Mund würde wie der Abfluß einer Sickergrube schmecken. Er lag der Länge nach auf einem Mischmasch aus tauendem Barsch und schmelzendem Eis. Als er fiel, hatte er den Kühlbehälter umgestoßen, in dem er Elvis' Abendessen aufbewahrte. Eine Spur aus Fischresten führte zur Tür hinaus. Seitdem Crockett das TASER-Geschoß mit der Brust gestoppt hatte, hatte Elvis wahrscheinlich zwanzig Pfund zugenommen.
Crockett hatte vier gezackte Löcher in seinem Hemd und unter jedem eine kleine pochende Wunde in seiner Brust. Die Haut war angesengt. Die Kabine um ihn herum schwankte, und ihm wurde wieder schwarz vor den Augen, als er versuchte, aufzustehen. Das Telefon läutete immer weiter. Dieses teuflische Gerät wußte, daß er zu Hause war.
Er klaubte ein angeschmolzenes Stück Eis auf und schob es sich in den Mund, wobei er den Fischgestank ignorierte. Er griff nach dem Telefon, hoffte, daß es Tubbs wäre, und hatte statt dessen den unberechenbaren Stone in der Leitung.
»Ach – endlich. Wo zum Teufel bist du gewesen?«

Crockett stöhnte. »Ich hatte elektrische Träume. Ich war . . . Ich war weg.« Sein Kopfschmerz steigerte sich in ungeahnte Dimensionen, genährt von dem erbarmungslosen Sonnenlicht in seinen ungeschützten Augen, die in seinem Kopf zu kochen schienen.

»Ich hatte ein weiteres Treffen wegen des Verkaufs ausgemacht. Bildete mir ein, eine Abhöranlage im Telefon zu hören, also hab ich das Gespräch schnell abgebrochen. Und so ist es – ich fahre zum Flughafen, und da warten wieder die Gorillas auf mich. Genau dieselben Burschen wie zuvor. Der eine Kerl sieht aus wie ein Irish Setter und der andere –«

»Der andere sieht aus wie 'ne frommere Version von Ronald Reagan, als er noch jung war!« sagte Crockett, der sich an den Mann erinnerte, der ihn unter Strom gesetzt hatte. »Mit Bart, aber ohne Schnäuzer. Häßlich.«

»Ja, das ist er! Woher weißt du das?«

»Das ist egal. Nimm nur mal an, daß ich langsam anfange, deine Geschichte zu glauben. Wo bist du jetzt? Wo sind die beiden bösen Buben?«

»Ich bin am Schalter der ›Global Airlines‹ und tue so, als wollte ich mit dem Programm für ›Vielflieger‹ eine Reise rund um die Welt mit möglichst vielen Zwischenstationen buchen. Ich weiß nicht, wie lange ich dies Hinhaltemanöver noch ausdehnen kann, Mann!« Sogar jetzt war Stone beim Sprechen völlig außer Atem. »Also, die bösen Buben . . . die sind direkt vor mir. Und sie scheinen nicht besonders glücklich darüber zu sein, daß ich mit jemandem Kontakt aufgenommen habe. Aber hier in aller Öffentlichkeit können diese Kerle nicht so gut arbeiten.«

»Erzähl nur weiter!« sagte Crockett, dessen Unterkiefer schmerzte. Seine Halsmuskeln brannten höllisch. »Hast du deine Videokassette noch?«

»Darauf kannst du wetten. Ich brauche dich, du mußt mich wieder retten.«

»Ja!« Vor Schmerz schloß Crockett die Augen. Der Schlaf lockte und versuchte, ihn wieder zurück in die Dunkelheit zu ziehen, aber er widerstand. »Halt die Südseite der Abflughalle im Auge. Ich werde in die Ladezone fahren und meine Scheinwerfer dreimal aufleuchten lassen. Du rennst durch die Tür und springst ins fahrende Auto.«

»Klingt hervorragend!« Stone machte eine kleine Pause. »Crockett, Mann, du bist ein echter Held!«

»Nein, ich hänge bloß an der Vergangenheit. Gib mir fünfzehn Minuten. Zehn Minuten.«

Im Badezimmer untersuchte er sich rasch und gründlich. Aller Schaden schien innerlich zu sein. Crockett schluckte zwei hundertprozentige Schmerztöter aus der gelben Spezialflasche in seinem Medizinschrank, ohne nachzuspülen, und ließ dann Wasser über sein Gesicht laufen. Als er an Deck ging und zu seinem Auto lief, sah er Elvis, der mit gefülltem Bauch den tiefen Schlaf der Wohlgenährten und Zufriedenen schlief.

Der Ferrari Testarossa erschien in der Ladezone wie ein weißer Blitz mit blockierenden, quietschenden Reifen, hinter denen Rauchwolken aufstiegen, als Crockett neben der weißen Linie heranrollte.

Im Innern des Flugplatzes sah Stone das verabredete Zeichen, aber er konnte der Versuchung nicht widerstehen, ein kleines Täuschungsmanöver zu inszenieren, indem er so tat, als laufe er zu den Aufzügen. Die Verfolger setzten ihm nach und verrieten sich dabei sofort. Sie waren so unfähig, daß sie von nirgendwo anders her sein konnten als von der Bundesbehörde – nichts als Muskeln und keine Gehirntätigkeit. Stone schob sich hastig an einem ältlichen Paar vorbei, des-

sen Anwesenheit den elektrischen Türöffner aktiviert hatte, und rannte mit großen Schritten auf den Ferrari zu. Die Beifahrertür war geöffnet worden, und der Wagen hatte sich schon in Bewegung gesetzt.
Stone warf seine Tasche hinein und sprang dann nach. »Los!«
Crockett trat auf das Gaspedal und ließ hinter sich einen wütenden Verkehrspolizisten zurück, der die Auspuffgase des Ferrari einatmen mußte, als der Wagen beschleunigte und sich von der Bordsteinkante löste, wobei zuerst die Räder durchdrehten, dann aber griffen und den Wagen mit hoher Geschwindigkeit vorantrieben.
Crockett beobachtete, wie die beiden Schläger, der »Irish Setter« und der »Fromme«, sich durch die Tür drängten und in eine Limousine einstiegen. Der Mangel an Extras und die schwarzen Reifen machten die Aufschrift »Dienstwagen« völlig überflüssig.
»Denkst du immer noch, ich leide unter Verfolgungswahn?« fragte Stone, der mühsam nach Luft schnappte und sich den Hals verrenkte, um nach hinten sehen zu können.
Crocketts Aufmerksamkeit konzentrierte sich auf die Straße. Sie hatten es noch nicht hinter sich. Die Schläger wollten Jagd auf sie machen.
»Einer von ihnen hatte ein Walkie-Talkie. Ein winziges Ding. Nicht so wie die Kriegsausrüstung. Also, die Technologie . . .«
»Das, was mir an High-Tech begegnet ist, reicht mir fürs erste!« knurrte Crockett, der an den TASER dachte.
Die Limousine, metallic-blau mit Metalldach, ein Impala möglicherweise, schob sich in Sicht und hängte sich an den Ferrari. Crockett wurde klar, daß sich unter der Motorhaube dieses bescheiden aussehenden Wagens eine Rennmaschine verbarg.

Er fuhr langsamer, um in eine Zufahrt für den Flughafen-Dienstverkehr einzubiegen, veranstaltete dann ein Hindernisrennen um einige Betonklötze herum, und das alles bei gut 120 km in der Stunde.
Von hinten war ein tiefes, gedämpftes »Päng« zu hören. Der »Irish Setter« hatte sich auf der Beifahrerseite weit aus dem Fenster gelehnt und schoß mit seiner Pistole auf sie.
Stone zuckte zusammen, als er den Schuß hörte, dann griff er nach dem Hörer des Funkgerätes, der zwischen den Sitzen in seiner Mulde lag. »Ruf Hilfe herbei!« jaulte er.
Crockett wies auf den Testarossa und meinte: »Die brauchen wir nicht. Paß mal auf. Und halt deine Unterwäsche fest!«
Er war mit mindestens 150 km auf eine Rampe gefahren, die als Lieferantenzufahrt für das Flughafenrestaurant diente. Quer über der Straße stand ein Sattelschlepper, der alle Fahrbahnen versperrte.
»Ein hervorragender Trick, um Verfolger abzuschütteln«, schrie Crockett, wobei er das Steuer fest mit beiden Händen packte und den Wagen beschleunigte. Die Limousine hinter ihnen zögerte und verlor ein paar Meter. Der Sattelschlepper war deutlich zu sehen.
Stone kreischte auf und bedeckte sein Gesicht mit den Händen, wie ein Kind in den 50er Jahren, das übte, wie man sich bei einem atomaren Angriff verhält.
Der Testarossa glitt unter dem Sattelschlepper hindurch, wobei an der Oberseite etwa zehn Zentimeter Zwischenraum blieben.
Der Fahrer der Limousine traf seine Entscheidung: Er trat auf die Bremse. Der Kühler des Sedan senkte sich und schaffte es gerade eben, sich unter den Sattelschlepper zu quetschen. Der Rest des Wagens schaffte es nicht. Das Dach wurde weggerissen, wobei Chrom und Sicherheitsglas nach allen Seiten sprangen. Das Hinterteil des Wagens schwebte

einen Augenblick lang in der Luft und setzte dann hart auf. Der Laster wackelte von dem Aufprall, aber er blieb stehen. Den beiden Wachhunden war fast das Herz stehengeblieben, doch dann setzten sie sich auf, nachdem sie sich vorher panisch auf den Sitzen zusammengekrümmt hatten, und wischten sich Glassplitter und andere Teile ihres Wagens vom Anzug. Das Armaturenbrett lag auf dem Rücksitz. Das Steuerrad prallte in dreißig Meter Entfernung aufs Pflaster. Der »Irish Setter« sah den »Frommen« an, dessen Blase der Angst nachgegeben hatte.

»Was riecht hier eigentlich so gräßlich?« fragte Stone Crokkett, als sie ohne Verfolger weiterrasten.
»Die beiden Mistkerle dahinten haben mich letzte Nacht auf Tauchstation geschickt, als sie nach dir und deiner Videokassette suchten. Und dann gibt es da noch einen Haftbefehl gegen dich, wegen Mord, an Arthur Eaton –«
»Das ist doch Quatsch!« sagte Stone ungerührt.
»*Und* außerdem wirst du noch des Drogenschmuggels beschuldigt!«
»Davon ist kein Wort wahr!« versicherte Stone. »Du hast mich doch abgeholt, Mann. Da war kein Stoff. Ich bin seit meinem letzten Entzug clean, das weißt du, Crockers. Mein Rückflugticket lief über den Computer der Fluggesellschaft. Wenn ich hätte schmuggeln wollen, hätte ich das doch nie gemacht . . .«
»Einen Augenblick mal! *Was* für ein Rückflugticket? Du hast mir erzählt, du hättest den nächsten Flug genommen, der das Land verließ!« Crockett konnte die Lüge förmlich riechen. »*Wie konntest du wissen, daß du in Ascensión eine Story finden würdest, so daß du schon vorher deine Abreise planen konntest?*«
»Ich . . . ich habe einen Tip bekommen!« stotterte Stone.

Jetzt fletschte Crockett wütend die Zähne: »Das kauf ich dir nicht ab, Ira!«
»Nein, nein, warte. Ich wußte, daß es einen Contra-Angriff auf Ascensión geben sollte. Ich mußte nur zur Stelle sein. Aber ich hatte keine Ahnung davon, daß es amerikanische Contras sein würden.«
Crockett konnte es kaum glauben. »Du hast den Angriff auf das Dorf einfach zugelassen? Du hast niemanden gewarnt?«
»Man soll nie Schicksal spielen wollen, Junge!« Es klang so, als hätte Stone diese Entschuldigung schon viele Male benutzt. Er kannte sie auswendig. »Ich mache den Krieg nicht, ich berichte nur über ihn. Das Ganze geschieht ohne mein Zutun.«
Crockett kämpfte mit seinem kaum zu bändigenden Zorn. »Oh, Mann . . . Stone, du bist ein falscher Fünfziger!«
»Na hör mal!« unterbrach Stone ihn. »Die Geschichte ist immer noch brandheiß!«
»O ja. Du bist mir ein feiner Menschenfreund!«
»Die Krokodilstränen kannst du dir sparen!« sagte der kleinere Mann verärgert. »Ich bin hinter der großen Geschichte her, so wie du hinter der großen Drogenmafia her bist. Du willst mir doch nicht erzählen, daß du noch nie irgendeinen armen Junkie durch die Mühle gedreht hast, nur um an die Burschen heranzukommen, die im Mercedes herumfahren?«
Widerwillig schluckte Sonny das. Es war wie ein Kinnhaken, aber Stone hatte recht.
»Wohin fahren wir also?«
»Die ›St. Vitus Dance‹ ist unmöglich!« sagte Crockett mit gedämpfter Stimme. »Ich werde jetzt den einzigen Burschen besuchen, dem ich vertraue.«

Tubbs öffnete ihnen die Tür mit der Pistole in der Hand und Schlaf in den Augen. Seine übellaunige Miene verzog sich kaum, als er Stone erblickte. Brummend und mit dem dringenden Bedürfnis, eine Tasse Kaffee zu trinken, ließ er die beiden in seinem Wohnzimmer zurück, während er sich ein Hemd überwarf.

»Rico? Stone braucht einen Platz, an dem er sich verstecken kann, und das Boot kommt nicht in Frage. Da habe ich gedacht –«

Tubbs schnitt Crockett mit einer Handbewegung das Wort ab und zeigte Stone seine Dienstmarke.

»Ira Stone – Sie sind verhaftet. Sie kennen Ihre Rechte nach dem Miranda-Urteil vermutlich auswendig, deshalb werde ich sie jetzt nicht wiederholen. Ich bin einfach zu müde dafür!«

»Rico«, sagte Crockett unsicher, »wir sind im Augenblick zu erschöpft für solche Scherze.«

»Das ist kein Scherz. Dieser Psychopath hier wird wegen Mord gesucht. Er muß unter Arrest gestellt werden.«

»Du . . . du machst Witze!« sagte Stone ungläubig. Ihm wurde dabei klar, daß es das war, was *jeder* gerne gesagt hätte, wenn er verhaftet wurde. *Das ist ein Scherz, Herr Kommissar, nicht wahr? Das meinen Sie nicht im Ernst . . .*

»Wenn du mir nicht helfen willst, ihn zum Revier zu bringen, Sonny, dann halt mich wenigstens nicht auf.« Tubbs fuchtelte mit seiner Pistole herum.

Es ist alles ein Irrtum. Ich kann alles erklären . . .

»Rico, wenn du einen Plan hast, von dem ich nichts weiß, dann ist es Zeit, daß du mir davon erzählst.«

Tubbs ließ Stone, der aber keinen Ärger machte, nicht aus den Augen. »Es gibt hier keinen Geheimplan. Ich tu dir bloß einen Gefallen, Sonny. Du bildest dir ein, du wärest für immer in Stones Schuld. Im Augenblick ist dieser Mistkerl dabei, dir sieben bis zehn Jahre wegen Begünstigung im Amt einzubringen. Hier in der Stadt ist dein Ruf makellos, aber du weißt ja, wie die Bundesbehörden auf so eine Einmischung reagieren. Völlig humorlos. Als ich nach Hause kam, warteten auf meiner Türschwelle zwei häßliche Monster mit Dienstmarken der Bundesbehörden auf mich. Laß dir sagen: Onkel Sam *will* Ira Stone.«

»Seine Geschichte stimmt!« beharrte Crockett. »Gestern wurde ich auf dem Boot angegriffen, und vor zwanzig Minuten hat jemand auf mich geschossen!«

»Deshalb bist du also heute nicht zum Dienst gekommen. Aber das ist bloß ein Grund mehr, ihn jetzt einzusperren. Setz dich mit denen von da oben zusammen und regle alles . . .«

Crockett stand unter Druck, und seine Gedanken rasten. »Stones Videokassette ist in dem Haftbefehl nicht erwähnt. Laß mich das Ding zu Stones Verbindungsmann bringen, bevor du etwas unternimmst.«

Tubbs bremste sich. Das hier war der springende Punkt. Stone mußte seinen Kontaktmann nennen oder sofort ins Gefängnis gehen, wie es beim Monopoly heißt.

»Alicia Mena«, sagte Stone. »Sie ist jetzt Nachrichtendirektorin beim WMFL.«

Tubbs kannte den Namen. Er hatte auch das Gesicht schon gesehen. Mena war eine attraktive Frau von spanischem Typus, und sie schien darüber hinaus noch eine tolle Reporterin zu sein. Er erinnerte sich nicht nur wegen ihres Aussehens an sie, sondern auch wegen ihrer ungewöhnlichen Fairness, wenn es um Polizeiangelegenheiten ging. Alicia Mena war immer auf heiße Meldungen aus, aber nicht um jeden Preis. »Im letzten Jahr hat sie einen Monat im Gefängnis verbracht, weil sie ihre Informanten nicht nennen wollte. Ihre *Verbindungen*, Stone.« Tubbs bohrte weiter in dieser Wunde. »Ich vermute, so weit würden Sie nie gehen!«

Stone ignorierte die Beleidigung und konzentrierte sich auf

Crockett. »Bring die Kassette zu ihr, Sonny, das ist alles, was ich will. Wenn das Band erst einmal gesendet ist, dann bin ich sicher, dann werden sie mich nicht mehr anfassen. Bitte.«

»Bitte«, äffte ihn Tubbs verächtlich nach. »Sonny, sieh zu, daß du aus diesem Schlamassel rauskommst.«

»Ich werde die Kassette zu ihr bringen!« sagte Crockett, den seine Situation sichtlich bekümmerte.

»Und ich werde Stone zum Revier bringen!« entgegnete Tubbs, dessen Geduld zu Ende war.

»Sehr freundlich von Ihnen!« sagte Stone, als Tubbs ihn am Arm packte.

15

Alicia Mena sah wirklich toll aus, aber Crockett war jetzt nicht in der Stimmung, seinen Charme spielen zu lassen. Er war viel zu gestreßt. Stone hatte mit Mena ein Treffen beim WMFL um Punkt sieben Uhr am Morgen verabredet – und Crockett fühlte sich ziemlich mitgenommen, war reizbar und barsch.

Mrs. Mena war wohlgepflegt und elegant. Sie hatte kaffeebraune Haut und eine Flut schwarzen Haares (ganz und gar untypisch für eine Reporterin, überlegte Crockett) und, wie konnte es anders sein, Augen von der Farbe sehr starken kubanischen Kaffees. Ihre Waden waren gut geformt und zauberhaft. Sie trug ein enganliegendes schwarzes Kleid und – ebenfalls untypisch – einen knallroten Schal, der bei ihr irgendwie gewagt wirkte. Wenn es irgend etwas gab, was Crocketts morgendliche Laune verbessern konnte, so war es ihr Anblick.

Ihre Haltung ihm gegenüber aber war nicht dazu angetan.

Sie sah ihn schon, als er auf sie zukam, die Videokassette mit Besitzermiene unter den Arm geklemmt. Er fing bereits an, genauso ausgeflippt zu reagieren, was das Dokumentarmaterial anbetraf, wie Stone.
»Ich hoffe, daß Ihre Geschichte weniger ungenau ist als Ihre Beschreibung von sich selbst, Mr. Stone!«
»Alicia Mena?« fragte er hoffnungsvoll und streckte ihr seine freie Hand entgegen. »Mein Name ist Sonny Burnett. Ich bitte um Entschuldigung für dieses Versteckspiel. Ich . . . ich bin ein Freund von Ira Stone.«
Sie wurde sofort mißtrauisch und verhielt sich abweisend. Ihre unglaublich dunklen Augen blitzten hell. »Was ist aus Stone geworden?«
»Er konnte die Verabredung nicht einhalten!« Das war nicht gelogen.
»Ach, wirklich?« Sie lächelte trügerisch. »Dann gehe ich davon aus, Mr. Burnett, daß unsere geheimnisvolle kleine Unterredung jetzt beendet ist.«
»Einen Augenblick noch!« Crockett war nicht darauf vorbereitet, ganz einfach einen Korb zu bekommen. »Was ist mit der Kassette?«
Sie hielt einen Augenblick inne. »Bevor ich meinen Namen und die ganze Nachrichtenredaktion für etwas einsetze, muß ich *genau* wissen, was für Material ich da bekomme, oder ich sende es nicht. Bevor wir falsche Geschichten unter die Leute bringen, senden wir lieber Bilder aus dem Zoo.«
Crockett hatte ihr die Videokassette schon fast entgegengestreckt, bevor er daran dachte, nach einem Ausweis zu fragen, was ihm ein wenig peinlich war. »Ach – könnte ich wohl zuerst Ihren Ausweis sehen?« Er benahm sich dabei so, als wolle er sich fast für seine Frage entschuldigen. Aber es kam überhaupt nicht in Frage, daß er wegen Alicia Mena von der üblichen Vorgehensweise abwich.

Das taute sie ein wenig auf. Sie lächelte fast, als sie ihre Brieftasche hervorholte und sie öffnete. »Wir sind wohl ganz förmlich heute? Es hat nicht den Eindruck, als ob Stones Personalien dieser Art von Überprüfung standhalten würden.«
»Es besteht durchaus die Chance, daß das, was Sie auf dieser Kassette sehen werden, echt ist, meine Dame!« Crockett war selbst immer noch skeptisch. »Gehen Sie vorsichtig damit um. Eine Menge Leute scheinen sehr daran interessiert zu sein, es aus der Welt zu schaffen.« Die wunde Stelle auf seiner Brust, wo er das TASER-Geschoß abbekommen hatte, schmerzte.
»Oho! Eine Verschwörung! Ich befürchte, daß das an meinem Preis nichts ändern wird.« Sie steckte die Kassette in ihre Tasche.
»Das geht in Ordnung. Ich bin nicht hier, um zu handeln, ich soll die Kassette bloß abliefern.«
Sie zog den Schal herunter, und ihr sagenhaftes Haar löste sich. Crocketts Gleichmut kam ein wenig ins Wanken. »Schon gut!« sagte sie. »Teilen Sie doch bitte Mr. Stone mit, daß geheimnisvolle Treffen mit irgendwelchen schmuddeligen Gestalten sein Material nicht glaubwürdiger machen!« Noch bevor der überraschte Crockett etwas sagen konnte, hatte sie den Raum verlassen. Wie betäubt schaute er ihr nach und horchte auf das Klappern ihrer Absätze, als sie davonging.
»Schmuddelig . . .?«
Crockett dachte darüber nach, und als er endlich im Büro von Miami Vice ankam, kochte er fast vor Wut.
Tubbs war nirgendwo zu sehen. Switek hing über seinem Computer wie ein Raubvogel. Es war wenig zu tun. Castillo war noch nicht einmal in seinem Büro.
»Ich gehe mal ins Untersuchungsgefängnis, um nach Stone zu sehen!« sagte Crockett. Switeks Antwort erstaunte ihn.

»Mach dir keine Mühe!« Er biß in einen mit Zuckerguß überzogenen Doughnut, von dem nur noch die Hälfte übrigblieb. »Er ist irgendwo anders hingebracht worden.«

»Was?« Crockett rieb sich die Augen. »Du lieber Himmel, die stehen aber früh auf!«

»Irgendein Miesepeter von der Rechtsabteilung kam vor ungefähr einer Stunde hier reingeschlurft. Er hatte alle erforderlichen Papiere, also blieb mir nichts anderes übrig, als sie abzustempeln. Ich konnte dich telefonisch nicht erreichen.«

Plötzliche Panik machte Crockett unruhig. »Zeig mir mal die Empfangsbestätigung!«

Switek wies mit dem Finger in Crocketts Richtung, ohne den Blick vom Computermonitor zu nehmen. Vielleicht sah er da eine Schnulzenserie. »Die liegt mitten auf deinem Schreibtisch.«

»Kannst du mir sagen, wie der Bursche aussah?«

»Ja. Ich habe schon seit langem keinen so unangenehmen Typen mit Dienstmarke mehr gesehen wie den. Hatte feuerrotes Haar, so wie manche Punker es sich färben. Einer seiner Vorderzähne fehlte ihm.«

Der Name auf dem Dokument lautete nicht: »Irish Setter«, sondern, wie nicht anders zu erwarten, O'Hara.

»Verdammt, Switek, auf dem Ding steht weder seine Ausweisnummer noch die Nummer seiner Dienstmarke . . . sag mal, Mann, kümmerst du dich denn gar nicht um Dienstvorschriften?«

Jetzt endlich löste Switek den Blick vom Monitor. »Tut mir leid, aber hör mal, die Sache war völlig in Ordnung. Er hatte einen Haftbefehl der Bundesbehörde. Er hat mir seine Dienstmarke gezeigt . . .«

Bevor er weitere Ausflüchte machen konnte, klingelte das Telefon auf Crocketts Schreibtisch. Während er Switek mit Blicken durchbohrte, griff er nach dem Hörer und meldete

sich mit einem knappen »Crockett«, wobei er erwartete, Tubbs am anderen Ende der Leitung zu hören.
»Hallo, Sonny!« sagte eine wohlvertraute Stimme. »Hier spricht William Maynard. Ich hoffe, du hast Zeit für ein kleines Gespräch. Ich störe dich doch nicht, oder?«
Crockett schnappte nach Luft, während vor seinen Augen der ganze Raum zu schwanken schien. Der »Immobilien-Kapitän« war wieder da. Direkt in Stones Kielwasser. Zum Teufel, in welches Wespennest hatte Stone dieses Mal gestochen?
»Sehr gut!« fuhr Maynard fort, ohne auf eine Antwort zu warten. »Ich habe Ira Stone wieder in meiner Gewalt. Ira Stone hatte eine Videokassette, die nicht mehr in seinem Besitz zu sein scheint. Nachdem wir uns vernünftig und in aller Ruhe unterhalten haben, behauptet er, daß er die Kassette an dich weitergegeben hat. Wenn du Stone je lebendig wiedersehen willst, dann solltest du die Kassette herbeischaffen. Bist du mitgekommen, oder bin ich zu schnell für dich? Ich gebe dir jetzt eine Telefonnummer. Da kannst du anrufen, wenn du bereit bist. Und außerdem, Crockett – diesmal wird nicht mit Tricks gearbeitet. Darauf möchte ich als Antwort ein ›Yes, Sir‹ hören!«
»Wenn Stone etwas passiert ist, Maynard, dann verarbeite ich Sie zu Hundefutter.«
»Der Herr liebt diejenigen, die sich einer Herausforderung stellen!« sagte Maynard und legte auf.
Crockett schaute auf und merkte, daß Tubbs vor ihm stand und ihn nachdenklich anstarrte. »Schlechte Nachrichten?«
»So kann man es wohl nennen! Das war unser alter Freund, der ›Immobilien-Kapitän‹. Rate mal, was er mit Stone machen will, wenn wir ihm nicht eine gewisse Videokassette übergeben?«
Tubbs erholte sich rasch von dem Schock über diese verwir-

renden Neuigkeiten. »Soll ich mal raten? Dann ist es aus mit dem Mistkerl!«
»Du hast's getroffen! Bist du jemals Alicia Mena begegnet?«
»Das Vergnügen hatte ich leider noch nicht. Aber nach dem zu urteilen, was ich von ihr gesehen habe, würde es mir gut gefallen.«
»Sie ist genau dein Typ!« Crockett wählte rasch Menas Anschluß beim WMFL an. Er mußte es achtmal läuten lassen.
»Hallo . . . ist da Mrs. Mena? Hier spricht Burnett . . .«
Doch seine höfliche Bitte brachte ihm nichts ein.
»Das können Sie vergessen!« meinte sie verärgert. »Ich gebe die Kassette nicht aus den Händen, bevor ich sie nicht gesehen habe, und selbst dann gebe ich sie nur Ira Stone persönlich!«
»Jetzt hören Sie mal genau zu. Mein Name ist nicht Burnett, sondern Crockett. James Crockett. Ich arbeite für Miami Vice. Burnett ist mein Deckname. Stone ist entführt worden, sein Leben ist in Gefahr, und ich brauche dringend –«
Alicia Mena lachte. »Das ist wirklich ein guter Witz. Miami Vice? Nun halten Sie mal die Luft an.« Dann, in geschäftsmäßigem Ton: »Es ist mir egal, ob Sie Elliot Ness oder sonstwer sind, Mister . . . wie auch immer Sie heißen. Die Videokassette bekommen Sie trotzdem nicht. Auf Wiedersehen!«
Zwischen Mena und Crockett stand es 2:0 für Mena. »Daß die Leute immer den Hörer auflegen, während ich mit ihnen rede, geht mir langsam auf den Geist!« brummte Crockett. »Es ist Zeit, ein bißchen ›Böser Polizist/Guter Polizist‹ zu spielen. Komm schon, Tubbs – ich werde dich persönlich mit dieser Traumfrau bekannt machen!«

Langsam lief die Videokassette über den Monitor im Kontrollraum des WMFL.
»Vince durchlöchert den Priester, während die Kinder jam-

mernd in die Kirche flüchten. Der Priester fällt tot zu Boden, in einer Haltung, die der des Gekreuzigten gleicht.«
»Können Sie das auf Standbild schalten?« fragte Crockett. »Können Sie den angeblichen Contra heranzoomen?«
»Sie meinen ›Vince‹ – den mit dem Bart?« Seitdem Alicia Mena die beiden Dienstmarken von Miami Vice gesehen hatte, war sie sehr hilfsbereit . . . aber vielleicht, nur vielleicht, hatten auch Tubbs' seelenvolle grüne Augen etwas damit zu tun.
Das Bild auf dem Monitor wurde größer. »Das ist der Bursche, der mich mit der TASER auf meinem Boot angegriffen hat. Und Switek sagt, daß der Rothaarige O'Hara heißt. Die beiden Burschen, die Stone verfolgt haben, seit er wieder in Miami war . . .«
Alicia ließ die Kassette zurücklaufen und spielte nochmals das Stück mit dem Tod des Priesters ab. Dann ließ sie das Bild erstarren. Er hing in der Luft, noch nicht ganz tot, bevor er auf den Boden fiel.
»Kaum zu glauben!« meinte Tubbs voller Verwunderung. »Stone ist schließlich doch noch auf Gold gestoßen!«
Alicia gestikulierte mit einem Bleistift in der Luft herum. »Das hier könnte eine Fälschung sein. Wenn ich Stones zweifelhaften Ruf in Erwägung ziehe und dann auf die Dementis von Regierungsseite, die ganz sicher kommen werden, dann weiß ich immer noch nicht, was ich davon halten soll.«
»Washington wird's auf jeden Fall abstreiten!« meinte Crockett. »Irgendwie ist Maynard da verwickelt. Und das bedeutet: CIA, Geheimoperationen, alles, was man für eine Vertuschung nur braucht.«
»Es gibt immer verläßliche Informationsquellen!« meinte Alicia. »Schließlich arbeite ich bei einem Sender. Ich habe ein paar Fragen an meine Freunde im Außenministerium ge-

stellt und habe ein paar inoffizielle, nicht zur Veröffentlichung bestimmte Antworten bekommen. Und dort hat man nie etwas von dieser geheimen Aktion gehört!«
»Wäre es vielleicht möglich, daß sie Ihnen die Wahrheit verschweigen?«
»Das glaube ich nicht.« In Gedanken wog sie die Möglichkeit, die Kassette über den Sender gehen zu lassen, bevor jemand irgendwelche Gegenmaßnahmen ergreifen konnte, gegen das Risiko ab, daß das Ganze eine raffiniert eingefädelte Fälschung war. Bisweilen wurden Nachrichtenabteilungen im ganzen Land bekannt, weil sie ein solches Risiko eingegangen waren; wenn sie recht hatte, würden sich die Nachrichtenstationen um sie reißen. Andererseits wurden Karrieren aber auch oft zerstört, weil jemand so etwas riskiert hatte . . .
»Ich mache Ihnen einen Vorschlag!« meinte Crockett. »Kopieren Sie die Kassette! Wir brauchen das Original als Tauschobjekt, um Stone wiederzubekommen.«
Sie opponierte dagegen. »Kommt nicht in Frage. Wie kann ich denn wissen, daß Sie damit nicht auf der Stelle zu einem anderen Sender rennen, Crockett? Oder *Burnett*? Oder wie immer Sie wirklich heißen?«
»Ich will, daß Stone am Leben bleibt!« sagte er nachdrücklich und ernst. Auf sie machte es keinen Eindruck. »Das ist etwas, das Ihnen gleichgültig ist.«
Ihr gefiel nicht, was er damit andeutete. »Ich glaube, unser Gespräch ist wohl beendet. Wieder mal. Auf Wiedersehen, Detective.«
Crockett schmiß die Tür hinter sich zu, als er ging. Tubbs blieb noch.
»Tut mir leid wegen Sonny. Er ist . . . ziemlich erregt. Er und Stone waren in Vietnam eng befreundet.«
»Ziemlich erregt?« fragte Alicia, sichtlich mitgenommen.

»Ich würde es eher mit dem guten alten Wort ›grob‹ versuchen!«

»Ja!« Er setzte sich auf den leeren Sitz neben ihr und gab deutlich zu erkennen, daß es ihm nichts ausgemacht hätte, den ganzen Tag nichts anderes zu tun, als sie anzuschauen und ihren Duft einzuatmen. »In Wirklichkeit sind wir beide, Sie und ich, auf dasselbe aus, Alicia!«

»Und worauf sind wir aus?« fragte sie und spielte mit, wobei sie spürte, daß sich zwischen ihnen etwas entwickelte.

»Die Wahrheit. Kein Scherz. Im Ernst!« Er warf ihr ein gewinnendes Lächeln zu und kam zu seinem Vorschlag: »Ich könnte mir vorstellen, daß ich Verbindungen in Nicaragua hätte, wenn ich der Nachrichtendirektor einer großen Fernsehstation wäre. Wenn es so wäre, dann würde ich Kontakt aufnehmen und herausfinden, ob in der letzten Woche in Ascensión ein Priester von Contras umgelegt worden ist!«

Sie lächelte ihn ehrlich erfreut an. »Die Anfrage ist schon unterwegs.«

Er nickte. »Maynard und seine Gaunerbande wollen Stone umbringen. Gestern wurde auf Sonny geschossen, und am Tag zuvor hat man ihn bei sich zu Hause angegriffen. Und das alles wegen dieser Geschichte. Er ist ein bißchen durcheinander.«

»Auf mich hat man auch schon ein- oder zweimal geschossen!« gestand sie. Sie wechselten bedeutungsvolle Blicke, und Alicia wurde ein wenig weicher gestimmt. »Was halten Sie davon: Ich mache Ihnen eine Kopie. Aber ich behalte Stones Original!«

»Sie geben mir Bescheid, sobald Nicaragua sich meldet?«

»Ganz bestimmt. Wenn Sie mir versprechen, daß Sie mit der Geschichte zu keinem anderen Sender gehen!«

»Auf keinen Fall!«

»Dann haben wir uns verstanden. Später können Sie mich

dann zum Abendessen einladen. Bleiben Sie noch sitzen.« Sie steckte eine zweite Kassette in eine Maschine und ließ Stones Kassette zum Anfang zurücklaufen.

16

Den Konferenzraum beherrschte eine riesige amerikanische Flagge an einem Pfahl, der von einem bedrohlich aussehenden Messingadler gekrönt wurde. An den Wänden hingen gerahmte Porträts von Carter, Ford, Nixon und Reagan. O'Hara hatte keine Haltung angenommen, aber er stand steif da und hielt seine Aktentasche so, als ob er es lieber hätte, wenn sie ein Maschinengewehr gewesen wäre. Sein Gesicht schmerzte wegen des Schneidezahns, den er auf Crocketts Boot verloren hatte, noch immer. Er hatte sich entschieden, die Verbände, die er bislang im Gesicht hatte, abzumachen und Luft an seine Wunden zu lassen. Er verbrachte die Zeit damit, sich vorzustellen, wie er Crockett langsam zu Tode folterte – mit Zangen, mit Eis, mit einer glühenden Zigarre und ein wenig Elektrizität. Er hatte das schon früher bei anderen Opfern gemacht und war erfahren genug, den Vorgang des Sterbens lange Zeit hinauszuziehen.

Maynard schritt in den Konferenzsaal, wie es seine Art war – ganz Geschäftsmann und fünf Minuten zu spät. Auch er träumte davon, Crockett irgendwo an eine Wand zu nageln. Crocketts Einmischung hatte eine Menge Ärger gemacht, den man jetzt mühsam beilegen mußte. Er hatte sein Haus in Florida verlassen müssen. Seine Frau war verärgert darüber, daß sie schon wieder umziehen mußte, aber sie war an diese Unannehmlichkeit gewöhnt. Maynard war eigentlich immer unterwegs von einem Krisenherd zum anderen, von

Kambodscha nach Angola, von dort nach Äthiopien und dann weiter in den Libanon.
Mit Maynard zusammen kam Rolando Lujan, der Nachrichtendirektor von WXRT. Maynard schuldete ihm einen Gefallen, denn er hatte ihm dabei geholfen, Stone und seine Videokassette ausfindig zu machen.
Er stellte Lujan den Männern vor, die an dem langen, polierten Konferenztisch versammelt waren.
». . . und, Mr. Lujan, darf ich Sie mit Frank Heiser von der Anazol-Aktiengesellschaft bekannt machen. Das da sind Eden Zalvidar von den Vereinigten Getreidewerken, Joseph Stevens von der Petrox-Chemie, Jonathan Spilsbury von CalEx, Anthony Tichenor von der Equinox Investmentgesellschaft und der Ehrenwerte Richter Raoul Zarvo vom Bundesgerichtshof.«
»Willkommen, Mr. Lujan!« sagte Stevens, ein Mann von ausgeprägt arischem Typ, mit blonden Haaren, blauen Augen und faltenloser Haut.
»Alles Patrioten!« fuhr Maynard fort. In seiner Stimme lag ein Hauch von Verachtung. Keiner dieser Männer war Soldat.
»Bitte, setzen Sie sich doch!« sagte Zalvidar zu Lujan und zog ihm einen leeren Stuhl heran.
Am Tischende breitete Maynard die Arme aus. »Meine Herren! Was ich jetzt sage, soll keineswegs pathetisch klingen . . . aber der Kommunismus ist unermüdlich. Wie ein Krebsgeschwür. Wie das Finanzamt . . .«
Rings um den Tisch war zustimmendes Lachen zu hören. Er wußte, wie man mit solchen Leuten umgehen mußte.
»In dem Augenblick, in dem unsere Wachsamkeit erlahmt, drängen sie herein, um unseren Platz einzunehmen. Während wir schlafen! Sobald wir ihnen den Rücken kehren! Wenn sie sich einmal festgesetzt haben, sind sie schwierig zu

entfernen. Schauen Sie sich nur Kuba an, wenn Sie an meinen Worten zweifeln. Weniger als einhundertfünfzig Kilometer von hier entfernt eine ganze Insel voller Kommunisten!«

»Das ist alles nichts Neues, Captain!« unterbrach Heiser, ein seriös wirkender Mann. »Kommen Sie zur Sache!«

»Einverstanden. Im wesentlichen wollen wir alle dasselbe. Habe ich recht, Mr. Heiser? Bislang ist unsere Operation erfolgreich verlaufen, allerdings auch außerordentlich begrenzt. Man könnte sagen, es handelte sich um eine Versuchsphase. Ich will jetzt den zweiten Sturmtrupp zusammenstellen. Er wird viel größer, viel umfassender sein und innerhalb von achtundvierzig Stunden in das Krisengebiet eingeschleust werden. Dort werden die Männer bleiben, bis das amerikanische Volk durch unsere Propagandamaßnahmen dazu gebracht werden kann, sich uns anzuschließen.«

Spilsbury schnitt ein Gesicht. »Das kann sich lange hinziehen. Meine Gesellschaft möchte möglichst rasche Ergebnisse sehen.«

»Ja!« stimmte Stevens zu. »Unsere Interessen und der fehlgeleitete Patriotismus dieses Landes decken sich nicht unbedingt!«

»Das Land wird eine Armee, die *siegt*, unterstützen!« beharrte Maynard. »Das politische Klima ist hervorragend. Die Bewerbungen für die Armee stehen auf einer Rekordhöhe. Das Kino und das Fernsehen stellen den Militärdienst als angenehm und aufregend dar. Die Atmosphäre ist völlig anders als in den 60er Jahren. In Vietnam haben wir nie den Eindruck vermittelt, daß wir siegen könnten. Wir sollten alle ein Dankgebet an Rambo richten. Das Land wird sich voll und ganz hinter eine *siegreiche* Armee stellen – und genau diese Situation werden wir in Nicaragua schaffen.«

»Toller Plan!« sagte Zalvidar. »Aber die Überschriften, die

ich in den Zeitungen über Nicaragua sehe, überzeugen mich nicht!«

»Unsere Investitionen belaufen sich inzwischen auf mehrere Millionen Dollar!« sagte Spilsbury, der sich immer noch wegen des Geldes seiner Gesellschaft und der Stabilität seines eigenen Jobs Sorgen machte. Es ging das Gerücht um, die Stellenpolitik von CalEx sei erbarmungslos. »Wir haben keinen greifbaren Beweis dafür, daß wir für unser Geld bekommen, was wir erwarten dürfen.«

Maynard lächelte. Darauf war er vorbereitet gewesen. Er gab O'Hara einen Wink, ihm seine Aktentasche zu reichen. Eine spannungsgeladene Pause entstand. Er öffnete die Tasche und nahm eine Schnur von etwa einem Meter Länge heraus, an der getrocknete Datteln zu hängen schienen, und warf sie vor Spilsbury auf den Tisch.

»Ich habe Ihre Skepsis vorausgeahnt!« sagte er.

Spilsbury zog die Schnur näher zu sich heran, so daß er daran riechen konnte. »Zum Teufel, was ist das?«

Das merkt man gleich, daß hier keine Soldaten sitzen, dachte Maynard, dessen Verachtung für diese Geldleute sogleich noch um einige Grade stieg. »Aber, Mr. Spilsbury – das sind Ohren. Ohren von Kommunisten. Von Sandinisten.«

Spilsbury ließ die Schnur mit allen Anzeichen des Ekels fallen. Er hielt sie nicht mehr in der Hand, aber er würde sie nicht mehr vergessen.

Maynard hatte seine Absicht erreicht.

Nach der Konferenz war es für O'Hara an der Zeit, etwas für sich zu tun.

Der Fernseher in dem spärlich möblierten Vorortwohnzimmer wurde nie abgeschaltet und blieb den ganzen Tag und die ganze Nacht über auf einen Sender eingestellt – auf WMFL. Ein Kartentisch war mit leeren Essenkartons, Hühnchen mit Walnüssen und gebratenen Krabben, übersät. O'Hara hatte das Jackett ausgezogen und ruhte sich aus. Eine 44er Magnum steckte in dem Schulterholster unter seiner rechten Achselhöhle. Er benutzte chinesische Stäbchen, um sich vorsichtig Nahrung zuzuführen, ohne seinen verletzten Kiefer, aus dem ihm ein Vorderzahn fehlte, zu berühren. Über seinem rechten Auge war ein scheußlicher, blutverkrusteter Schnitt vom Bullauge der »St. Vitus Dance«, hinzu kamen eine ganze Reihe weniger tiefe Schnittwunden. Der Ansager bat die Zuschauer um Aufmerksamkeit für die Mittagsnachrichten. Das erregte O'Haras Interesse.

Ira Stone hing an den Handgelenken an einem Haken, der an der Decke befestigt war. Früher hatte an dem Haken ein Ventilator gehangen. Seine Handgelenke und seine Knöchel waren fest mit Klebeband umwickelt. Das rechte Glas seiner Brille war zersprungen und zeigte ein Muster, das absurderweise wie ein Friedenssymbol aussah. Seine Augen blickten unruhig umher, doch er wirkte mehr verängstigt als verletzt. Abgesehen vom Fernseher und dem leeren Raum gab es nicht viel zu sehen. Sich Stone anzuschauen war keineswegs ein Vergnügen.

O'Hara richtete sich vor Stone auf und hielt ihm eine gebratene Krabbe vor die Nase. »Bist du hungrig?« fragte er und lächelte, soweit es ihm sein zusammengeschlagenes Gesicht erlaubte. »Möchtest du eine Krabbe?«

Stone schluckte und sagte nichts.

Crockett sah, wie der gepanzerte Lastwagen mit den getönten Fensterscheiben sich vom anderen Ende des Flugplatzes her näherte. Der Testarossa stand anweisungsgemäß direkt unterhalb des Rollfeldes für die Jets, die auf dem internationalen Flughafen von Miami landeten. Crockett trug eine Wanze am Körper, was allerdings nicht viel nützen würde.

Das Geräusch der landenden Jets sorgte für eine derart laute Geräuschkulisse, daß es selbst für Lester Kosko, das Abhörgenie von Miami Vice, schwer werden würde, mit seinem Abhörgerät durchzudringen.
Aus einiger Entfernung beobachtete Tubbs das Ganze durch ein superstarkes Zeiss-Fernrohr. Er beugte den Kopf nach vorn, um in das stecknadelgroße Mikrofon zu sprechen, das an seinem Jackettkragen befestigt war. »Ich kann nicht durch die Lastwagenfenster sehen, Sonny. Die Lichtwerte sind nicht gut. Maynard ist beim Aussuchen seiner Treffpunkte wirklich gewitzt.«
Das ganze Flugfeld abzusperren ging weit über die personellen Möglichkeiten von Miami Vice hinaus. Die offene See war im wahrsten Sinne des Wortes ›bei der Hand‹. Wenn sie versucht hätten, Maynard eine Falle zu stellen, hätte er mit Leichtigkeit das Gelände verlassen können. Und Crockett wußte, daß Maynard selbst kommen würde. Maynards persönliche Lebensregeln forderten, daß er sich dem Feind in eigener Person zeigte, um so seine Furchtlosigkeit zu demonstrieren. Darüber hinaus waren ihnen die Hände gebunden, solange Stones Leben auf dem Spiel stand. Crockett hatte versprochen, keine Überraschungsmanöver zu versuchen. Keine Tricks.
Der Lastwagen hielt mit der Fahrerseite neben Crockett an. Die Schiebetür glitt zur Seite, und Crockett sah dreierlei. Maynard, der mit seinem üblichen überlegenen Lächeln ausstieg und eine Ledertasche über der Schulter trug . . . Stone, der im hinteren Teil der Kabine saß, zusammengeschnürt wie ein Truthahn, der gleich in den Backofen soll, mit Panik in den Augen . . . und den fromm aussehenden Schläger, den »Vince« der Videokassette – der Bursche, der den Priester kaltblütig umgelegt hatte. Im Augenblick saß er hinter einer Waffe vom Kaliber 60 mm, die auf einem Stativ

befestigt war. Als Maynard sich Crockett näherte, schwenkte er den langen, luftgekühlten Lauf, so daß er das Geschehen unter Kontrolle hatte.
Maynard streckte die Hand aus. Crockett nahm fast an, daß der Mann einen Händedruck erwartete. »Die Videokassette, bitte!« Er sah siegesgewiß aus, und das machte Crockett wütend.
Crockett reichte ihm die Kopie, die Alicia Mena beim WMFL gemacht hatte.
Maynard schlug die Klappe seiner Schultertasche zurück und enthüllte einen extrem kompakten, technisch perfekten Video-Abspieler mit eingebautem Oszillographen.
»Lassen Sie das, Maynard!« protestierte Crockett. »Sehen Sie es sich zu Hause an!«
Die inzwischen vertrauten Bilder glitten über den 8-cm-Bildschirm. Maynard schaltete auf den Oszillographen um. Die Wellenlinie bewegte sich von der Achse weg und deckte sich nicht mit den korrekten Koordinaten auf dem elektronisch eingeblendeten Raster.
Enttäuscht schnalzte Maynard mit der Zunge. »Eine Kopie! Du bist dümmer, als ich dachte, Sonny.«
Crockett starrte ihn unbewegt an. Im Geiste stellte er sich vor, was er gerne mit Maynards Gesicht angestellt hätte. »Und was jetzt?«
»Diese Frage ist völlig überflüssig!« sagte Maynard. »Alles ist unverändert. Im übrigen sehe ich, daß dein Kumpel uns aus der Ferne im Auge behält.« Er wies in die Richtung von Tubbs' Standort.
»Und was weiter?«
»Sofort. Wir haben dieselbe Abmachung wie zuvor – du bringst mir das Band, und ich gebe dir die kleine Ratte da. Hier ist eine Nummer, bei der du anrufen kannst, wenn du bereit bist, das Spiel wie ein Erwachsener zu spielen.« Er

reichte ihm eine Karteikarte mit einer getippten Nummer. »Du siehst, ich war darauf vorbereitet. Ich dachte mir schon, daß du versuchen würdest, mich reinzulegen. Sehr dumm. Aber freu dich – weißt du, wie selten ich Leuten eine zweite Chance gebe?«

»Wenn Sie Stone etwas tun, dann schlage ich Ihnen den Schädel ein!«

»Hm. Ein interessanter Vorschlag. Eigentlich sollte ich dich dafür gleich auf der Stelle umlegen. Aber mir ist es lieber, wenn du darauf noch etwas warten mußt. Dann kannst du noch ein bißchen schwitzen. Das ist gut für deinen Stoffwechsel. Du hast vierundzwanzig Stunden Zeit, auf den Handel einzugehen!«

Über ihre Köpfe donnerte eine 747 hinweg und übertönte alles mit einem derartigen Lärm, daß sogar Tubbs zusammenzuckte.

»Leg den Bohnenfresser unter dem Chevy um!«

Vince – mit Bart, aber entschieden nordamerikanischer Herkunft – gehorcht. Sein Opfer stirbt mit einem Schrei.

Alicia hörte, wie hinter ihr die Tür des Kontrollraums mit lautem Knall ins Schloß geworfen wurde, und schwang in ihrem Drehstuhl herum, verärgert über die Störung. So spät arbeiteten nur noch wenige Leute beim Sender, also mußte es einer vom Wartungspersonal sein oder vielleicht Gary, der Nachrichtenkoordinator, der – wie sie – noch spät arbeitete. Beides traf nicht zu.

»Hallo, Sie!« sagte O'Hara mit einem Lächeln, das durch seine Verletzungen grotesk wirkte. Er hatte einen Sportsack über die Schulter geworfen und trug an beiden Händen dünne Chirurgenhandschuhe. »Sie haben eine Videokassette, die ich liebend gerne in meine Sammlung aufnehmen würde!«

Er sah, wie sich ihre Hände um die Stuhllehne krampften, als wolle sie gleich einen Fluchtversuch unternehmen. »Tun Sie's nicht!« sagte er. »Sie werden sterben!«
Sie ließ los, ohne den Blick von ihm zu wenden.
»Gut! Sie sind ein kluges Mädchen. Wo ist hier eine Steckdose in der Wand?« Er schaute sich um, ohne eine Antwort zu erwarten. »Ah, hier haben wir sie!« Aus seinem Sportsack holte er ein Kabel und steckte es in die Steckdose, die sich hinter einer der Videoanlagen, die auf einem Eisenregal standen, befand. Am anderen Ende des Kabels war ein großer Elektromagnet angebracht.
Das Summen des Magneten schien den ganzen kleinen Raum auszufüllen.
»Nehmen Sie die Kassette heraus«, wies er sie an, »und halten Sie sie hierhin.« Er zeigte dahin, wo sich das elektrische Feld des Magneten befand.
Sie erstarrte in ihrem Sessel, vielleicht, um sich zwischen O'Hara und das Kassettendeck zu bringen, das Stones Fang enthielt; eine Geschichte, die – das wurde ihr plötzlich klar – so brisant war, daß man dafür umgebracht werden konnte.
»Nein?« fragte O'Hara. »Also schön!« Er hob den Magnet hoch und lehnte sich über sie. Das Bild seines Partners Vince Bittenhaus, der Dorfbewohner umbrachte, das auf dem Videomonitor eingefroren war, verformte sich unter dem Einfluß des magnetischen Feldes und löste sich in Nichts auf.
Alicia nutzte den Augenblick, um zur Tür zu rennen.
»Oh, verdammt!« sagte O'Hara, dessen Hand blitzschnell nach ihr griff. Er packte eine Handvoll ihres herrlichen schwarzen Haares, um sie zurückzuziehen. Er schlug ihr mit dem Magneten die linke Schläfe ein, und sie fiel um wie ein Kartoffelsack. Ihr Rock schob sich hoch über ihre Ober-

schenkel, als sie auf dem Boden zusammenbrach. Sie war wirklich eine tolle Frau. Vielleicht, wenn noch Zeit genug war . . .

O'Hara ließ die Kassette aus dem Rekorder springen und hielt sie ans Licht. Das »US«, das Stone auf das Etikett gekritzelt hatte, stand noch da. Das war die richtige. Er hielt den Magneten, der jetzt mit Alicias Blut benetzt war, dagegen.

»Weg ist es!« sagte er mit einem Lächeln. »Jetzt hab ich dich!«

Auf dem Fußboden rührte sich Alicia und stöhnte vor Schmerz, halb bewußtlos. Im Gehirn hatten Blutungen eingesetzt.

»Ein loses Mundwerk kann viel Schaden anrichten!« sagte O'Hara und schmetterte den Magneten auf ihr Gesicht. Wieder und wieder.

Als er fertig war, lächelte er.

17

Tubbs stand, die Hände tief in die Hosentaschen geschoben, und betrachtete die Umrisse aus weißem Klebeband, die dort angebracht waren, wo Alicia Menas erstarrender Leichnam entdeckt worden war.

Der Ausdruck auf ihrem Gesicht – oder vielmehr dieser tote, betrübliche *Mangel* an Ausdruck – machte deutlich, daß sie unter großen Schmerzen gestorben war.

Er dachte an ihre Haare, an ihre Augen, an ihr wundervolles, schwer hervorzulockendes Lächeln, das Lächeln, das er ein- oder zweimal während ihrer Begegnung mit seinem Charme auf ihr Gesicht gezaubert hatte. Das letzte, was ihre Augen gesehen hatten, war Stones Videokassette gewesen.

Er erinnerte sich an Gespräche über die Frage, wofür es sich zu sterben lohne. Und er erinnerte sich an ihr Haar, ihr langes, glänzendes schwarzes Haar.

»Glaubst du, daß Stone noch lebt, Sonny?« fragte er mit fast unterwürfig gesenkter Stimme. »Nach dem hier?«
Crockett wischte sich mit der Hand über das Gesicht, das schweißnaß vor Müdigkeit war, über seine Bartstoppeln und fuhr mit den Fingern durch seine feuchte Mähne aus blonden ungewaschenen Haaren.
Die Ereignisse hatten ihn völlig erschöpft und übermüdet; als nächstes würde er morgens mit Halsschmerzen aufwachen. »Ich weiß nicht!« antwortete er. Eine ehrliche Antwort. »Ich glaube nicht, daß sie vorhatten, sie zu töten. Vielleicht war es ein Unfall. Oder sie machte Lärm, versuchte zu entkommen. Das alles schreit förmlich Maynards Namen – es ist sein Stil –, aber Maynard selbst würde nie in die Stadt kommen und sich der Gefahr aussetzen, gefangengenommen zu werden, um so etwas zu tun. Also war es einer seiner Gehilfen, entweder O'Hara, der Schläger mit dem Hundegesicht, oder der andere, Vince, der mit dem Bart.«
Gary Coulter, Menas Nachrichtenkoordinator, schlich herein und starrte mit offenem Munde die Spuren des Blutbades an. Er hatte sich ausgewiesen, und man ließ ihn durch die Polizeisperre. Er war derjenige, der Alicias Leiche gefunden hatte, als er sich anschickte, das Gebäude zu verlassen, nachdem er – wie immer – lange gearbeitet hatte. Alicia Mena war für ihn sowohl Freundin wie Kollegin gewesen.
Es gab keinen Umstand ihres gewaltsamen, plötzlichen Todes, über den man nicht bis zur Erschöpfung geredet hatte. Jetzt schaute sich Gary im Raum um und sagte, ohne dabei Crockett oder Tubbs direkt anzusprechen: »Jede Kassette

hier ist gelöscht. Es gibt keine einzige, die in Ordnung ist.« Er wies auf die Ständer für die Kassetten hin. »Eine so gründliche Arbeit wie hier, dafür braucht man eigentlich mindestens acht Stunden Zeit. Es sei denn, er hat einen Elektromagneten im Industrieformat benutzt. Die elektrostatischen Linien auf den leeren Bändern deuten darauf hin.« Dann kam eine Pause, die schrecklich war, denn die Detectives wußten schon, was am Ende auf sie wartete: »Alicia war meine Freundin!« sagte er. Langsam löschte das Grauen jeden Ausdruck auf seinem Gesicht aus.

»Keine Fingerabdrücke, keine Kassetten . . .« sagte Crokkett. Auch er schaute auf die Umrisse von Alicias Gestalt. Alicia war auf die linke Seite gefallen, ihre Beine ausgestreckt wie die des Fußgängersymbols auf den Straßenschildern, ihr Gesicht nach oben. So war sie gestorben. »Der Pathologe sagt, daß kein Anzeichen für ein Sexualverbrechen vorliegt. Vielleicht hat einer der Schläger sie bloß zum Spaß umgebracht!«

»Ich denke, Sie sollten sich das hier anschauen!« sagte Gary und winkte mit einem Blatt aus dem Drucker. Als sie ihm ihre Aufmerksamkeit zuwandten, las er laut vor: »*Mena, auf Anfrage: Priester in Ascensión ermordet. Pater David Fontanna. Paß ausgestellt in Dayton, Ohio. Hasta luego – Paco*. Das ist um 11 Uhr abends aus Managua übermittelt worden.«

»Dann ist Stones Geschichte echt, egal, wie er an die Sache herangekommen ist!« sagte Tubbs. »Dieser Richter, der den Haftbefehl gegen Stone ausgestellt hat, Sonny – sein Name war Zarvo! Kennst du ihn?«

»Und ob ich den alten Fettwanst Zarvo kenne!« nickte Crockett. »Dann wollen wir uns mal zum Amtsbezirk des ehrenwerten Richters aufmachen und ein bißchen Poker mit ihm spielen, was meinst du?«

Omar Maclovio Zarvo war kubanischer Abkunft, hatte ein Dreifachkinn und einen gewaltigen Leibesumfang. Sein Spitzname im 6. Bezirk, »Fettwanst«, rührte von seiner Gewohnheit her, an üppigen Geschäftsessen teilzunehmen, woraus ein Gewicht von zweihundertsechzig Pfund resultierte, die auf seinen knapp ein Meter siebzig schlecht verteilt waren. Seine Lippen waren breit und wulstig, sein Atem keuchend und mühsam, als er sich über den Gang schob. Der Gerichtssaal war zwei Stockwerke höher. An diesem Morgen standen Strafsachen auf der Tagesordnung, was immer unterhaltsam war. Seinen Bauch vor sich hertragend, stieg er in den ersten Aufzug, der hielt. Zwei Fahrgäste standen schon in der Kabine.

Als Ed Spota – den Zarvo für einen skrupellosen Winkeladvokaten hielt – versuchte, in den Aufzug zu springen, lächelte einer der Fahrgäste dünnlippig und stieß ihn zurück, wobei er ihm seine Hornbrille verschob.

»He!« schrie der schmierige Ed, wobei sein Adamsapfel bebte. »Sie können nicht –«

Peng! Die Tür schnitt den Rest seines Protests ab.

Crockett wandte sich zu Zarvo, wobei er den Haftbefehl aus der Tasche zog. »Kommt Ihnen das bekannt vor, Zarvo, alter Junge?«

Zarvo machte ein saures Gesicht, so als ob er Verdauungsbeschwerden vom Frühstück habe, und kniff die Augen zusammen, um das Kleingedruckte auf dem Haftbefehl zu lesen.

»Wer sind Sie?«

»Besorgte Bürger!« sagte Tubbs, der auf den NOTHALT-Knopf drückte und so den Aufzug zwischen zwei Stockwerken anhielt. »Von Miami Vice!«

Zarvo runzelte die Stirn. Dreckige Polizisten von Miami Vice konnte er ebensowenig leiden wie schmierige Rechtsanwälte. In der Tat war das einzige, was er wirklich mochte, sein Mittagessen.

»Ich habe es eilig, meine Herren!« sagte er, um so die Unterhaltung zu beenden.

»Nein, nein, warten Sie!« sagte Crockett in seinem freundlich-gefährlichen Ton, der zeigte, daß er in Kampfstimmung war. »Das hier wird Ihnen gefallen. Ich will wissen, für wen Sie diesen Haftbefehl unterzeichnet haben, denn er ist falsch, und Sie wissen es.«

»Ich weiß überhaupt nicht, worüber Sie sich eigentlich aufregen. Der Haftbefehl ist echt, alle meine Haftbefehle sind echt. Beamte der Bundesbehörde haben darum ersucht. Ihre Begründung war stichhaltig; ich hatte keinen Grund, etwas anderes anzunehmen, und den habe ich auch heute nicht. Würden Sie jetzt wohl bitte den Aufzug wieder in Gang bringen? Auf mich wartet oben noch genügend Melodramatisches!«

»Ira Stone ist auf *Ihren* Haftbefehl hin hochgenommen worden!« sagte Crockett, der jetzt direkt vor Richter Zarvo stand und ihm mit dem Haftbefehl vor dem Gesicht herumwedelte. »Aber er ist nicht in Haft! Und er ist auch nicht auf der Flucht! Er ist gekidnappt worden . . . und Sie wissen von wem, weil ihr Burschen alle unter einer dreckigen Decke steckt.«

»Also«, schaltete sich Tubbs besänftigend ein, »mein Kollege und ich, wir würden gerne von der Annahme ausgehen, daß Sie diesen Haftbefehl ausgestellt haben in dem Glauben, daß Stone ins Gefängnis gebracht werden sollte, nicht wahr?«

»Wenn andererseits bekannt würde, daß ein Richter sich der heimlichen Absprache mit jemandem, der auf der Flucht vor dem Gesetz ist, schuldig gemacht hat – nämlich mit einem gewissen Captain William Maynard –, nun, das könnte dann wohl das Ende Ihrer Karriere sein, nicht wahr? Wissen Sie, wie viele Menschen Maynard in diesem Lande umgebracht hat? Ich rede von den Vereinigten Staaten von Amerika, nicht von Vietnam und den Krisengebieten der Erde. Sie helfen, einen Mörder zu verstecken, Zarvo!« Der Ton von Crocketts Stimme, der zuerst schneidend und später bedrohlich war, klang jetzt tödlich. »Und wenn Sie meinem Partner und mir nicht erzählen, wo Stone eingesperrt ist, dann werde ich dafür sorgen, daß Sie von jetzt ab Ihre Mahlzeiten im Bezirksgefängnis einnehmen. Ihr Fett wird brutzeln – und ich werde derjenige sein, der Sie auf den großen Grill bringt . . . Sie verstehen mich?«

Offenbar war Zarvo sich nicht so sicher, ob sein Haftbefehl einer genauen Untersuchung standhalten würde, und er hörte auf, sich näher an die versperrten Aufzugtüren heranzuschieben. Er trommelte mit den Fingern auf seinem Bauch herum. Er seufzte. Es war an der Zeit, sich auf einen Handel einzulassen. »Was wollt ihr wissen?«

»Den Ort!«

Zarvo schrieb aus dem Gedächtnis eine Telefonnummer auf. »Maynard bleibt meistens für sich. Er hat mir diese Nummer gegeben, wenn ich ihn erreichen will. Ich glaube, er hat irgendwas von den Everglades gesagt.«

»Toll. Fünfhundert Inseln. Hunderttausend Quadratkilometer.«

»Aber Sie wußten die Nummer aus dem Handgelenk!« warf Crockett ein. »Einfach so. Hören Sie auf, mich an der Nase herumzuführen. Sie wissen es genau. Sie wissen Längengrad und Breitengrad. Denn Sie sind einer von ihnen. Einer von Maynards kleinen Zinnsoldaten. Fragen Sie mich nicht, woher ich das weiß, vielleicht hat Ihr Geruch Sie verraten. Sie stecken da mit Maynard zusammen drin.« Seine Nase war jetzt fünf Zentimeter von Zarvos entfernt. Der fette Mann verlor langsam die Fassung. Crocketts Gesicht hatte etwas Hageres, Dämonisches, Wahnsinniges angenommen. »Und wenn Sie nicht ganz schnell anfangen, Ihre Lippen zu bewegen, werde ich Ihnen eine schnelle Kostprobe von Vietnam verpassen, die Sie nie vergessen werden, und zwar hier und jetzt!«

»Sonny . . .« Tubbs war unsicher. Das hier war nicht länger das »Guter Polizist/Böser Polizist-Spiel«.

»Verdammt noch mal, Rico! Dieser Windbeutel wird das Maul aufmachen, oder ich werde ihn dazu bringen. Haben Sie je davon gehört, daß ›einer sein Innerstes nach außen dreht‹, Zarvo? Genau das werden Sie jetzt tun, auf die eine oder die andere Art! Wie, das können Sie entscheiden!«

Ein Tic, den er nicht abstellen konnte, beherrschte Zarvos linkes Auge. Nervös zuckte es bei diesem Wutanfall. »Maynard ist verrückt!« sagte er. »Einer dieser Superpatrioten. Er will uns auf jeden Fall in einen Krieg mit Nicaragua verwickeln.«

»Noch ein paar Monate, dann braucht er darauf nicht mehr zu warten. Nicht bei der Art, wie wir die Leute von der Nationalgarde nach Honduras reinbringen.«

»Maynard macht das, um Profit daraus zu schlagen! Und was seinen Standort angeht, da kann ich ebenso wie Sie nur raten. Ich weiß nur, daß er fort will. Heute. Und zwar von Copeland aus. Dort gibt es eine Rollbahn in den Keys. . .«

»Ich kenne Copeland!« warf Crockett ein.

Tubbs klopfte Zarvo auf die Schulter. »Sie haben soeben den Hauptgewinn gezogen!«

Dann waren sie fort und ließen den erhitzten Richter allein im Aufzug zurück. Er war immer noch überfüllt.

»Noch drei Stunden bis zu den Nachrichten!« schrie Tubbs in den Fahrtwind des offenen Testarossa. Sie rasten mit

Höchstgeschwindigkeit vorwärts und überholten die Wagen, die sich an das gesetzlich zugelassene Tempolimit hielten.
»Maynard wird Stone so lange leben lassen, bis er weiß, daß die Geschichte nicht gesendet wird!« erwiderte Crockett, der sich auf die Straße konzentrierte, die unter ihnen undeutlich vorbeihuschte. »Und wenn die Kassette gesendet wird – und ich glaube, daß Gary Coulter das tun wird –, dann muß Maynard Stone vorzeigen und alles abstreiten lassen!«
»Würde Stone das tun?«
»Eher, als zuzusehen, wie seine Innereien auf dem Fußboden verteilt werden!«
»Und ob er's nun tut oder nicht, danach wird Stone ganz schnell Teil der Geschichte werden!«
»Ja – entweder das, oder er geht ganz schnell in das Zementfundament eines Wolkenkratzers. Es sieht überhaupt nicht gut für Stone aus.«
Auf der linken Seite entdeckte Tubbs einen C-47-Militärtransporter mit verdeckten Markierungen, der tief und schwerfällig in Richtung der Keys flog. Die Doppelpropeller verteilten graue Abgaswolken nach hinten, während das Flugzeug verschwand.
»Gooney Bird!« bemerkte Tubbs. »›Das Flugzeug, das die Welt verändert hat‹. Wie die Maschine, die Jimmy gehörte. *La Vaca.*«
»Ich wünschte, wir hätten in diesem Fall Unterstützung von Jimmy.«
Jimmy, obgleich Schmuggler, war ebenfalls Veteran gewesen und ein Kerl, den nichts umhauen konnte. Auch Jimmy war tot.
Crockett wußte genau, wohin er fahren mußte. Seine einzige Sorge war, daß sie nicht rechtzeitig ankämen, um ent-

scheidend eingreifen zu können. Das Flugzeug, von dem er annahm, daß es zum Copeland-Rollfeld flog, war schon außer Sicht.

Maynard biß sich ein störendes Stückchen Nagelhaut ab. Stone hing, halb bewußtlos, an einem Fleischerhaken und konnte ihn durch das eine intakt gebliebene Glas seiner Brille kaum sehen.

Crockett hatte unrecht. Ira Stone war gar nicht so wichtig für Maynard, höchstens als Gegenstand seiner Belehrung. Mit Menschen zu tun zu haben, die nicht kooperativ sein wollten, konnte so ermüdend sein.

»Ich werde dir nicht noch mal meine Ansichten über den Schmerz mitteilen, Stone!« sagte Maynard, der um den hängenden Mann herumging, während er sprach. Sein belehrender Ton war jedoch unverändert. »Ich habe dir allerdings gestattet, dir Illusionen über den Wert, den du für mich hast, zu machen. Deshalb muß ich versuchen, die Dinge zu beschleunigen. Es gibt nämlich anderes, was meine sofortige Aufmerksamkeit erfordert.«

Er riß ein blutverkrustetes Pflaster von Stones Mund. Stone wand sich vor Schmerz, als die Wunde an seinem Mund sich wieder öffnete. Dann sagte er, so gut er konnte: »Mein . . . Name . . . ist Ira Stone . . . Meine Nummer . . .«

Maynards Gesicht verzog sich schmerzlich. »Stell fest, was du innerhalb der nächsten fünfzehn Minuten aus ihm herausbekommst!« sagte er zu O'Hara, der sich von seinem Stuhl erhob, als Maynard ihn rief. »Und dann mach Schluß mit ihm.«

»Ja, Sir!« O'Hara grinste.

»Ich muß Ihnen etwas sagen!« krächzte Stone.

Maynards Gesicht hellte sich auf. »Endlich kommst du zur Vernunft. Gib ihm einen Schluck Wasser!«

Nachlässig hielt O'Hara einen Kochbehälter über Stones Kopf und goß ihn aus. Stone streckte seine ausgedörrte Zunge aus, um aufzunehmen, was sicherlich sein letzter Trunk auf dieser Erde sein würde. Er schluckte. Räusperte sich.
Maynard kam näher. »Ja?«
»Captain . . .« sagte Stone mit schwacher Stimme. »Du bist der gemeinste und korrupteste Mistkerl . . . der mir je in meinem Leben begegnet ist . . . und wenn du stirbst, dann werden da schon eine Menge Soldaten sein, die auf dich warten, du Sauhund. All die Leben, die du auf dem Gewissen hast. Und, Junge . . . wie du die büßen wirst . . .«
Stone konnte nicht genug Speichel sammeln, um Maynard ins Gesicht zu spucken.
Maynard zuckte nur mit den Schultern. »Dummkopf!« war alles, was er sagte, als er den Raum verließ.
»Hoho«, machte sich O'Hara lustig, »der Kleine hat mehr Mumm, als wir gedacht haben.« Er wühlte in seinem Sportsack herum und holte eine Übungspistole Kaliber 22 mit langem Lauf hervor, die er liebevoll mit Remington »Jet Mag«-Geschossen lud.
Routinemäßig fragte er in einer Art Singsang: »Wer. Sonst. Hat. Eine. Kassette?« Er spannte den Hahn und zielte auf Stones rechte Wade. »Ich kann 'ne lange Zeit mit dir Zielschießen üben. Ich habe schon gesehen, wie ein Mann vierzehn, fünfzehn Schüsse aus einer Waffe wie dieser geschluckt hat, ohne zu sterben.«
»Niemand sonst hat eine Kassette . . .« keuchte Stone. »Es gibt sonst keine.«
»Das war die falsche Antwort!« sagte O'Hara und gab seinen ersten Schuß ab. Stone krümmte sich an seinem Fleischerhaken, als der gezielte Schuß ein großes Stück Fleisch aus seiner Wade riß. Blut lief herunter und tropfte auf den

Fußboden zu Flecken von der Größe eines Vierteldollars. Es war nicht das erste Blut, das den Fußboden befleckte.
»Ich bin wirklich ein verdammt netter Bursche, Stone!« fuhr O'Hara fort und umkreiste ihn dabei. »Gewöhnlich bin ich nicht so gnädig, weißt du. Hör mal, den nächsten Schuß darfst du dir aussuchen. Wohin hättest du ihn denn gerne?«
Einer Ohnmacht nahe, dachte Stone darüber nach, daß Florida für ihn nie besonders gesund gewesen war. Wenn nur sein guter Freund und treuer Kumpel Crockers hier wäre, um ein weiteres Mal seine Haut zu retten.
Wenn nur . . .
Die Zeit der Träume war vorüber. Das hier war die wirkliche Welt, und er mußte für sich selbst kämpfen. Es tat ihm leid, daß der mißtrauische Rico Tubbs nicht hier war, um mit eigenen Augen zu sehen, daß er plötzlich Rückgrat bewies.
Er grinste O'Hara mit aufgesprungenen Lippen an. »Geh zur Hölle, Dreckskerl.«
O'Hara grinste zurück. »Geh du zuerst!« sagte er und drückte den zweiten Schuß ab.

18

»Ich sehe Maynard!« berichtete Tubbs von seinem Ausguck aus. »Kein Zeichen von Stone. Aber ich würde auch nicht darauf wetten wollen, daß er noch lebt. Die Zeit ist fast abgelaufen!«
»Das kann nur einer beantworten!« sagte Crockett, der zusätzliche Magazine für die Bren Ten aus dem Handschuhfach des Testarossa zog und sie in die Taschen seines Schulterholsters schob.
Auf einer Lichtung war jenseits von Schilf und Gebüsch ein Lager im Militärstil eingerichtet worden, das mit Maynards

Anglerhütte viel Ähnlichkeit hatte. Die getarnte C-47 wartete auf den Start; offensichtlich war sie schon mit dem, was Maynard für seine geheimnisvolle Mission brauchte, beladen worden. Neben dem Flugzeug standen ein paar klapprige Busse. Um sie herum lehnten einige Dutzend Männer, die mit Tarnanzügen, Kampfanzügen, T-Shirts, Arbeitsanzügen, khakifarbenen Anzügen und Jeans, alles bunt durcheinander, bekleidet waren. Tubbs schwenkte nach links ab, zu dem Schuppen mit dem gewölbten Dach aus verrostetem Blech. Zwei Jeeps aus Armeebeständen waren Seite an Seite, aber in entgegengesetzten Fahrtrichtungen geparkt. In dem einen saß Maynard, der Handbewegungen zu Vince Bittenhaus, dem bärtigen Pseudo-Contra und Träger der TASER, im anderen Jeep machte. Bittenhaus nahm Haltung an, salutierte und fuhr in seinem Jeep davon.
»Wir wollen uns mal eine hübsche kleine Dschungelkampf-Strategie zurechtlegen!« sagte Crockett.

Maynard beobachtete das Flugzeug aus einiger Entfernung, wobei er ab und an in ein Funkgerät sprach, das er in der Hand hielt. Das Hinterteil des Jeeps stand im Schatten des Schuppens. Das Vorderteil war, falls sich jemand dafür interessierte, von den Bussen und vom Flugzeug aus zu sehen. Maynard reckte sein Gesicht gen Himmel und kratzte sich den Nacken. Er war schlecht rasiert. Es würde nett sein, Florida zu verlassen und an einen Ort zu fliegen, an dem es Abenteuer und Herausforderungen gab . . . sein Plan war einzigartig, aber der zähe Gang der Bürokratie hatte ihn eingeholt, als er nicht aufgepaßt hatte. Nun machte das politische Klima in den USA möglicherweise seinen Plan überflüssig und undurchführbar. Und das würde den Firmen, die ihn unterstützten, nicht gefallen. Und es würde seinen Profit schmälern. Heute mußte er die ganze Sache anlaufen lassen.

Als er eine Bewegung registrierte, saß Crockett schon neben ihm auf dem Beifahrersitz. Die Bren Ten hielt er außerhalb des Sichtwinkels, unterhalb der kleinen Bar, die an das Armaturenbrett montiert war.
»Seien Sie ganz ruhig, Captain!« sagte Crockett gleichmütig.
Maynards Augen blickten blitzschnell in den Rückspiegel. Tubbs stand so, daß er von den Bussen aus nicht gesehen werden konnte, und richtete eine automatische Pumpflinte mit zusammenklappbarem Ständer auf die Rückseite von Maynards kurzgeschorenen Kopf.
»Wo ist Stone?«
Maynard ließ die Augen nach vorn gerichtet und antwortete ruhig. »Nicht weit von hier. Nicht hier.«
»Dann wollen wir eine kleine Spazierfahrt machen!«
Maynard nickte, um anzudeuten, daß er verstanden hatte. Das mußte man bei Polizeioffizieren machen. Sonst konnte es geschehen, daß sie auf einen schossen. Er spähte zum Funkgerät, das auf dem Armaturenbrett war, um herauszufinden, ob Crockett gemerkt hatte, daß der SENDE-Knopf immer noch heruntergedrückt war.
Crockett gab ein Zeichen, und Tubbs kletterte auf den Rücksitz des Jeeps. Maynard winkte den Männern in der Nähe des Flugzeugs kurz zu und bog dann auf einen holperigen Lehmpfad, der aus dem Unterholz herausgeschlagen war. Die Fahrt war staubig und aufregend.
»Ich hoffe, Stone lebt noch, Freundchen!« sagte Crockett mit beißender Stimme. »Er verdient zu erfahren, daß er recht hatte!«
»Er hätte gar nicht falscher liegen können!« gab Maynard bestimmt zurück. Er hoffte, daß Bittenhaus sein Funkgerät eingestellt hatte und zuhörte. »Dieser Wurm ist nicht in der Lage, auf diesem Niveau zu denken. Und das sind Sie, wie mir scheint, auch nicht . . .«

»Was erzählen Sie da eigentlich?« Crockett verlieh seiner Frage mit einer Bewegung der Bren Nachdruck. Maynard würde keine Gelegenheit zu irgendwelchen faulen Tricks bekommen. Der Wagen schüttelte und holperte. »Sie sind irgendwie in diese Geschichte mit den amerikanischen Truppen verwickelt, mit denjenigen, die sich als Contras ausgeben, um die Sandinisten in ein schlechtes Licht zu setzen.«

Maynard lächelte wissend und böse. »Wer sagt, daß das amerikanische Soldaten sind?«

Crockett wußte nicht, was Maynard damit meinte. Tubbs verstand ihn zuerst. »Die Burschen auf der Videokassette – das sind gar keine Soldaten. Das sind Söldner. Eine angeheuerte Armee. Privat.«

»Der Mann hat eine Havanna verdient!« sagte Maynard. »Ich finde allerdings den Begriff Söldner zu negativ.«

»Söldner!« sagte Crockett, dem langsam etwas dämmerte. »Dann weiß die Regierung gar nichts davon. Für wen arbeiten Sie?«

»Das geht dich nichts an!«

Er preßte Maynard die Bren in die Rippen. »Ich bin hier derjenige, der das Schießeisen hat, Captain. Das Ding hier macht große Löcher. Also verhalten Sie sich dementsprechend!«

Der belehrende Ton in Maynards Stimme kehrte wieder. Maynard hatte in seinem Leben schon in die Mündungen vieler Waffen geblickt, und diese hier unterschied sich nicht besonders von den anderen, die er überlebt hatte.

»Miami ist voller kluger und unternehmungslustiger Männer, Sonny. Der einzige Unterschied, auf den es wirklich ankommt, ist, daß du keiner von ihnen bist!«

»Ich habe das Gefühl, daß Ihnen Ihr kleines Kriegsspiel bald um die Ohren fliegen wird, Captain!« sagte Tubbs. »Wir sind da unten schon ziemlich verwickelt. Gerade bauen sie eine Landebahn von mehr als siebentausend Metern in Palmerola, in Honduras, weniger als einhundertfünfzig Kilometer von Nicaragua entfernt. Der Präsident drängt die Gouverneure, die Truppen der Nationalgarde dorthin zu entsenden. Die Rollbahn ist lang genug für die größten Transportflugzeuge . . . und für die größten Kampfbomber. Da werden keine Manöver abgehalten. Das sind richtige Soldaten mit richtigen Waffen . . . und die werden es nicht besonders freundlich aufnehmen, wenn sich Ihre kleine Privatarmee da einmischt.«

»Deshalb ist das Timing so wichtig!« sagte Maynard. »Du mußt uns einfach als besorgte Bürger betrachten . . . Patrioten, die sich geschworen haben, Kommunisten umzubringen. Alles ist eine Frage der Definition. Zum Beispiel: Du denkst, du hast mich in der Hand. Falsch. Die Situation sieht, obgleich du die Waffe in der Hand hast, mehr nach einem Unentschieden aus. Ich habe Stone in der Hand, nicht wahr? Du wagst es nicht, mich zu töten. Aus demselben Grund wage ich es nicht, ihn zu töten. Im übrigen habe ich meine Leute bei Stone . . . und schwer bewaffnetes Personal auf dem ganzen Platz. Wenn du dich einmischst, wirst du sterben. Wenn du mich in Frieden läßt, dann werde ich Stone ausliefern und alles ist in bester Ordnung.«

Sicherlich hatte Bittenhaus in der Zwischenzeit einiges von dem, was er gesagt hatte, mitbekommen und raste über den Fluchtweg, den Maynard hatte anlegen lassen, dem Schuppen zu. Seine Ruhe war unerschütterlich.

Als das gezackte Dach des Schuppens in Sicht kam, hörten sie einen Schuß und einen Schrei.

Crockett warf Maynard einen mörderischen Blick zu, als der Jeep die Sackgasse in der Nähe des Schuppens erreicht hatte und er heraussprang, bevor der Wagen noch völlig zum Halten gekommen war. Maynard, der vor der Mündung von Tubbs' Flinte wehrlos war, zuckte nur mit den Achseln.

O'Haras Rücken war der Tür zugewandt, und das zahlte sich zu Crocketts Gunsten aus. »Hände hoch, du dreckige Ratte!« brüllte er, bevor er freies Schußfeld hatte. Es wirkte. O'Hara schrak zusammen. »Wenn du dich bewegst, dann stirbst du!«

Er trat die Drahttür ein und befahl O'Hara, seine Waffe auf den Boden zu legen. O'Hara gehorchte. In der 22er war sowieso nur noch ein Schuß übrig.

Ira Stone hing da, voller Löcher, aber noch lebendig.

»Tubbs!« brüllte Crockett. Sein Partner erschien in der Tür, wobei er Maynard vor sich hergehen ließ. »Halte diese beiden Sauhunde im Auge, während ich mich um Stone kümmere.«

Als er seinen Namen hörte, stöhnte Stone. Er hatte bis jetzt fünf Einschüsse, die meisten im Muskelfleisch von Armen und Beinen. Das heruntertropfende Blut war wässerig geworden. Eines der weichen Bleigeschosse hatte O'Hara in die Spitze von Stones Fuß abgegeben, wo er das komplizierte Knochengerüst zerstört hatte. Stone war nirgendwo tödlich verwundet, und O'Hara hatte sorgsam aufgepaßt, daß die Kugeln auch immer austraten und saubere Löcher zurückließen – nicht um Stones willen, sondern um die Leidenszeit seines Opfers zu verlängern. O'Hara war ein geübter Anhänger dieser speziellen Art von langsamer Folter.

»Keine dieser Kugeln wird dich umbringen!« sagte Crockett mit unsicherer Stimme. »Aber sie werden sicher teuflisch schmerzen!«

»Danke!« keuchte Stone dumpf. »Heute muß mein Glückstag sein.«

Crockett benutzte ein Hirschhornmesser, um die Stricke, die Stone an den Fleischerhaken banden, durchzutrennen. Er brach zusammen, und Crockett lehnte ihn an die nächste Wand. Das alles erinnerte ihn viel zu sehr an den Krieg . . . und Crockett hatte eine abscheuliche Rückblende der Ereignisse vor sechs Wochen in Maynards Anglerhütte vor Augen.

Stone hatte wirklich eine ganze Menge Kugeln um seiner großen Geschichte willen abbekommen.

Tubbs machte wiederum eine Bewegung mit seiner tödlichen Automatik. »Vielleicht sollten wir auf diese beiden hier ein kleines Zielschießen veranstalten!« schlug er vor. Dann befahl er: »Ihr beide legt euch mit dem Gesicht nach unten auf den Boden!« Er wollte sie nicht jede Sekunde lang beobachten müssen; die Augen beider Männer ließen erkennen, daß sie nach einem Ausweg suchten.

Bittenhaus war der vollkommene Profi. Er trat die Hintertür des Schuppens ein und begann ohne ein Wort oder ein warnendes Geräusch zu schießen. Die große Mündung seines 45er Armeerevolvers spie gelbes Feuer.

Der erste Schuß erwischte Crockett ziemlich oben in der rechten Schulter und warf ihn nach vorne, als hätte ihn jemand getreten. Die Männer auf dem Fußboden waren schon in Aktion. Tubbs hob seine Waffe und schoß zwei Spezialgeschosse in Richtung Bittenhaus. Die »Fletchette«-Geschosse enthielten scharfkantige eckige Metallstücke anstelle der normalen runden. Sie waren für den Gebrauch im Gefängnis bestimmt, für den Fall, daß ein Wächter in einem kleinen Raum aus Stahl und Beton schießen mußte. Da hatte niemand Lust, seine Zeit damit zu verbringen, sich vor den eigenen Querschlägern zu ducken. Die häßlichen, scharfzackigen »Fletchettes« beseitigten dieses Problem . . . und normalerweise auch das, was sie trafen. Sie rissen enorme Löcher.

Die zweite Salve riß die Hintertür aus dem Rahmen und warf sie nach draußen. O'Hara bückte sich nach seiner 22er. Crockett rollte sich herum, wobei ihm sofort klar war, daß irgend etwas mit seinem Schußarm nicht stimmte. Er hatte immer noch die Bren in der Hand, aber er fühlte, wie seine Hand losließ, als er aus Bittenhaus' Schußlinie fiel.
Bittenhaus sprang geduckt durch das Loch, das sich dort befand, wo vorher die Hintertür gewesen war, und gab drei ungezielte Schüsse ab.
Der erste riß ein böses Loch in die Wand, nur dreißig Zentimeter von Crocketts Ohr entfernt. Der zweite und der dritte Einschlag aus der 45er bohrten sich tief in Stones Brust.
O'Hara hatte seine Übungspistole wieder und richtete sie auf Tubbs, um ihn wegzupusten.
Tubbs sah das voraus, aber er hielt gleichzeitig den hinteren Teil des Hauses im Blick. Bittenhaus war immer noch da draußen.
Crockett stemmte seinen Arm nach oben. O'Hara schaute auf Tubbs, offensichtlich davon überzeugt, daß Bittenhaus Crockett erledigt hatte. Doch dieser betätigte zweimal den Abzug der Bren Ten, und zwei laute Explosionen ließen das Blech der Hütte erzittern.
O'Hara umklammerte im Todeskampf seine Übungspistole, und die letzte Salve ging blind in die Decke. Die beiden schweren 10-mm-Geschosse hatten den rothaarigen Mann oberhalb des Halses getroffen.
Das Aufheulen eines Jeepmotors, das zwischen den Feuerstößen zu hören war, ließ sie erkennen, daß Maynard im Tumult nach draußen gekrochen war.
Bittenhaus tauchte erneut auf. Crockett versuchte, auf ihn zu zielen. Er hatte reichlich Zeit dazu. Aber seine Hand gehorchte ihm nicht. Das Gewicht der Bren zerrte sie nach unten.

»Sonny!« schrie Tubbs erschreckt auf. Er mußte die Aufgabe selbst übernehmen.
Bittenhaus sah, daß Maynard verschwunden war, und entschloß sich, noch einen Feuerstoß zur Ablenkung abzugeben, bevor er sich wieder zu seinem eigenen Jeep durchschlug. Tubbs wartete auf ihn. Als er wieder in der Türhöhlung erschien, hatte Tubbs schon den Finger am Abzug seiner Pumpflinte. Er zielte und feuerte, zielte wieder und feuerte, und Bittenhaus starb in einem Chaos aus Rauch und Blut. »Old Vince«, der Contra, war tot. Er fiel nach hinten außer Sichtweite, und seine Füße klapperten auf dem Fußboden, als sein Nervensystem aufhörte zu funktionieren.
»Guter Schuß . . .« murmelte Stone, wobei Blut aus seinem geöffneten Mund schoß. Es war schmerzlich, über seine Verletzungen nachzudenken, geschweige denn, sie anzusehen. Tubbs mußte gar nicht hinschauen. Er konnte Crocketts Gesichtsausdruck sehen. Aber seine Augen blickten unwillkürlich hin.
Crockett stützte sich mit seiner gesunden Hand ab und zuckte zusammen. Auf der rechten Schulter seines Leinenjacketts erblühte eine sehr rote Rose. »Mein Gott!« sagte er. »Das tut ja höllisch weh.«
»Erzähl mir, was geschehen ist!« sagte Stone heiser.
Crocketts Gesicht, das sowieso schon bleich aussah, wurde jetzt aschfahl. Stone lag im Sterben.
»Die Story geht raus, nicht wahr, Crockers?«
»In den Abendnachrichten. Du wirst ein Star werden, Ira!«
Stones Lippen versuchten, ein Lächeln zu formen, und konnten es nicht. »Das wird schön sein . . .«
Sein Kopf rollte schwer zur Seite gegen Crocketts blutige Schulter. Das Ende. Ein weiterer Freund, der im Kampf starb. Es war nicht so, daß das nichts zu bedeuten hatte . . .

»Wir haben noch einiges zu erledigen!« sagte Tubbs, der seine Pumpflinte an sich drückte und sich nicht die Mühe machte, die beiden toten Maynard-Mitarbeiter genauer anzuschauen. Die waren so tot wie Stone.
Grimmig hob Crockett den Blick von Stones Leiche. Da lag er tot, ruhte in Frieden, von Kugeln zerrissen, seine Brille bei dem Versuch, die Dinge klarer zu sehen, zerbrochen.
»Laß uns gehen!« sagte er leise.

Tubbs spielte für den Rest der Reise den Jeepfahrer. Crockett konnte sich kaum an seiner Waffe festhalten. Er fühlte, daß es bereits zu spät war, aber sie mußten nach Vorschrift vorgehen.
Als die C-47 in Sicht kam, war die Maschine startbereit.
Und Maynard hatte auf sie gewartet. Er hatte absichtlich den Start hinausgezögert, um zu sehen, ob die Männer von Miami Vice überlebt hatten.
Zwei furchteinflößende Söldner, die Maschinengewehre von hohem Kaliber hatten, richteten sie auf den Jeep, sobald er auftauchte. Tubbs, der nicht die Absicht hatte, dem Tod mit Höchstgeschwindigkeit entgegenzurasen, trat auf die Bremse und wirbelte eine riesige braune Staubwolke auf.
Sie waren viel zu weit weg, um irgend etwas unternehmen zu können. Jetzt hätten sie einen Mörser brauchen können.
»Zum Teufel, was treibst du da!« brüllte Crockett, zuerst außer sich vor Wut, dann aber mit verzogenem Gesicht, als seine eigene Schußwunde ihn daran erinnerte, wohl doch besser zu schweigen.
»Sonny, Mann, wir haben keine Chance.«
Maynard achtete darauf, daß Crockett ihn sehen konnte. Dann zog er sich in das Flugzeug zurück und salutierte zum Abschied. Er war hiergeblieben, um ihnen ihre Niederlage unter die Nase zu reiben, wenn sie ihn erreicht hatten.

Die Söldner gingen die Gangway hinauf. Die Mündungen ihrer Pistolen blieben auf den Jeep gerichtet, bis der Transporter angerollt war.
Die C-47 drehte sich in Windrichtung und war innerhalb von Sekunden verschwunden.

19

Die weiße Armschlinge machte das Fischen schwierig.
Crockett hatte Tubbs Anweisungen gegeben, wie er die »St. Vitus Dance« hinaus in die Bucht steuern mußte, wo die Fische gut anbissen. Sie warfen ihre Angeln in das Wasser, ohne viel miteinander zu reden, jeder mit sich selbst beschäftigt.
Als WMFL die Sendung übertrug, hatten sie den Fernseher in der Kabine eingeschaltet.
Elvis interessierte sich nicht für die Angelegenheiten von Söldnern und Soldaten und kaute glücklich auf einem Stück Barsch herum, wobei er auf das ruhige Meer hinausblickte. Heute würde er nicht schwimmen gehen. Heute war der Tag für Alligator-Sonnenbräune.
»Unabhängige Quellen haben heute bestätigt, daß der Jesuitenmissionar Pater David Fontanna in dem kleinen Ort Ascención von den sandinistischen Streitkräften der nicaraguanischen Regierung ermordet wurde. Vergeblich hatten Contra-Freiheitskämpfer versucht, das Leben des Priesters zu retten. Fontanna war von den Sandinisten gekidnappt und dann getötet worden, bevor ein Rettungsversuch unternommen werden konnte. Es wird erwartet, daß die amerikanische Regierung förmlichen Protest gegen diesen jüngsten Akt von . . .«
Crockett hatte seine Angel zwischen die Beine geklemmt und zündete sich mit der linken Hand eine Lucky Strike an.

Tubbs nahm langsam kleine Schlucke von seinem zweiten Bier. Er trank nicht, um sich zu betrinken.
Der Geist von Ira Stone war verschwunden. Er würde nicht zurückkommen, um Sonny zu beunruhigen. *Du, Crockers, diesmal hab ich eine Geschichte, da traust du deinen Ohren nicht!*
Crockett kramte in seiner Plattensammlung herum und zog eine alte Platte von *The Doors* hervor. Jim Morrison begann, davon zu singen, daß dies das Ende war, das Ende seines einzigen Freundes.
Crockett vermißte den anstrengenden kleinen Mistkerl schon.
Seine Angelschnur zuckte. Crockett hatte den ersten Fisch an der Leine. Nach dem Gewicht und der Kraft, mit der er zog, war es tatsächlich ein stattlicher Brocken – eine gute Mahlzeit, bei der sogar für Elvis noch etwas übrigblieb.
»Toll!« sagte Tubbs, der hinzusprang, um Sonny mit seiner Leine zu helfen. »Da oben muß es jemand sehr gut mit dir meinen!«
Crockett holte seinen Fang herein, langsam und vorsichtig.
»Ja!« meinte er. »Das kannst du wohl laut sagen.«